The ADVENTURES
of
CAPTAIN SPENCER

Circe De Briggs

Ulysses Moore

ILLUSTRATED BY MORICE MOREAU

~ Villa Argo ~

Kilmore Cove Cornwall

ULYSSES MOORE

ULYSSES MOORE

尤利西斯·摩尔

12

虚幻旅行者俱乐部

[意]帕多文尼高·巴卡拉里奥/著　顾志翱/译

中国出版集团　现代出版社

版权登记号：01-2018-8332

图书在版编目（CIP）数据

虚幻旅行者俱乐部 /（意）帕多文尼高·巴卡拉里奥著；顾志翱译 . —北京：现代出版社，2019.3（2021.6重印）

（尤利西斯·摩尔推理冒险系列）

ISBN 978-7-5143-7543-5

Ⅰ. ①虚… Ⅱ. ①帕… ②顾… Ⅲ. ①儿童小说－长篇小说－意大利－现代 Ⅳ. ① I546.84

中国版本图书馆 CIP 数据核字（2018）第 276861 号

虚幻旅行者俱乐部

作　　者	［意］帕多文尼高·巴卡拉里奥
译　　者	顾志翱
责任编辑	邸中兴
出版发行	现代出版社
通信地址	北京市安定门外安华里 504 号
邮政编码	100011
电　　话	010-64267325　64245264（传真）
网　　址	www.1980xd.com
电子邮箱	xiandai@vip.sina.com
印　　刷	永清县晔盛亚胶印有限公司
用　　纸	660mm×900mm　1/16
印　　张	14.75
版　　次	2019 年 3 月第 1 版　2021 年 6 月第 2 次印刷
书　　号	ISBN 978-7-5143-7543-5
定　　价	39.80 元

于是圣女珀涅罗珀回答：

"来访者啊，梦境是无法依靠语言来描述的，

并非所有的梦境都能够成为现实，

因为通向那里的大门只有两种：

一种是犀牛角之门，另一种是象牙之门……"

《奥德赛》，第十九册，著于公元559—563年之间

蒙达多里翻译并出版于1985年

目　录

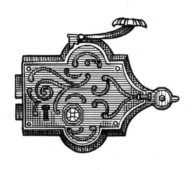

第一章
坠落

在萨顿山崖的阶梯边，杰森·科文德和茱莉娅·科文德兄妹俩相互紧靠在一起。就在刚才，阿尔戈山庄一阵剧烈的摇晃将两人惊醒，然后他们便跑了出来。

只见在基穆尔科夫的沙滩边，一艘通体漆黑、挂着沥青色船帆的船正将八门大炮对准了他们所在的方向。

伴随着一阵火光，两人听到了几声巨响，接踵而至的便是空中传来的呼啸声，爆炸所引发的大火顿时照亮了清晨的夜空。

"快趴下！"杰森一把将妹妹拉到地上，并用身体保护女孩。

阿尔戈山庄的阁楼正好被一发炮弹击中，所有的玻璃瞬间被震得粉碎。

"杰森！茉莉娅！"科文德夫妇在院子里冒着从天而降的玻璃碎片，歇斯底里地喊着。

第二声呼啸声，第三声，第四声：一枚炮弹在击穿了过道的墙壁之后如同一枚保龄球一般滚进了房子里，一枚炮弹再次击中了阁楼，还有一枚炮弹则在打中了院子里的一棵古树之后重重地扎进了潮湿的泥土中。

茉莉娅目瞪口呆地看着眼前的景象。"这一定不是真的。"她自言自语说。

炮弹的呼啸声，物体的破碎声，火焰所引发的炸裂声盖住了女孩的呼喊声："杰森！"

又是一枚炮弹飞了进来，落在了原本内斯特那所小木屋所在的位置，将一堵墙砸个粉碎。

科文德太太脑子里一片空白，自顾自地号啕大哭，而她的丈夫一边安抚着她，一边自己也感到惊恐万分，不明白到底发生了什么。

这时，阿尔戈山庄的阁楼突然倾斜了起来，并伴随着一阵可怕的断裂声，同时，侧面的墙上出现了一道非常深的裂痕。

"杰森！"茉莉娅用尽全力喊道，"你去哪里？"

不过她的哥哥像是根本就没有听到似的，快速跑到了父母的身边，将两人搀扶起来：科文德先生的身上仍然穿着那件蓝白色条纹的睡衣，而科文德太太则穿着一件薄薄的衬衫，在清晨的室外瑟瑟发抖。

"车子！快去车子那里！"杰森指着车库的方向喊道，"我们赶紧上车！钥匙在哪里？"

但是当他和父母的视线相交时，却发现另两人的眼睛里一片空洞，仿佛自己在说着某种他们听不懂的语言一样。杰森立刻明白了现在所有的事情只有依靠自己了，于是他跑进了厨房，在平时放钥匙的挂钩上找到了钥匙，随后迅速跑了出来。

"我们得赶紧离开这里！他们正在向我们开火！"杰森用意外冷静的口吻对着自己的父母说道。

科文德先生的双眼一直盯着手里的钥匙，问道："你说什么……杰森？"

不过他孩子的身影已经再次消失在了屋子里。

轰鸣声，呼啸声，爆裂声，将科文德夫妇吓得不知所措。

汽车……车库……

对了，赶紧上车！

"茉莉娅！这里！"科文德先生一边拉起自己的太太，一边喊道。

杰森迅速穿过了厨房，专注于自己要做的事情，根本不顾周围各种各样的声响，他跑进客厅之后，见到了刚从廊道里滚进来的那枚炮弹，地毯上还留有一道冒着烟的黑色痕迹，男孩蹲下身来，情不自禁地伸出手去想要摸一摸那枚炮弹：他以前只在电影里看到过这些场景，同时也很好奇这些金属的炮弹到底……

"哇！"男孩叫了一声，立刻将手缩了回来。

不管怎么说，他的好奇心算是已经满足了：刚落下的炮弹烫得要命！

随即杰森继续向前奔跑，在穿过了客厅并经过了时光之门所在的那间石头房间之后，来到了楼梯口。房子似乎已经摇摇欲坠，从天花板上不断有碎石落下，墙上挂着的画也早已经东倒西歪，男孩刚跨上楼梯没几步，便突然停了下来：他听见了远处的一声巨响，随后的呼啸声越来越近。

杰森出于本能立刻靠墙蹲了下来，双手抱头。

"不要现在啊！"当什么东西突然在男孩的头上炸开时，他大声喊道。楼梯上部的那面镜子突然破碎，玻璃如同雨点一样落在了杰森的身

上，他等了几秒钟，随后抖去身上的玻璃渣继续向上跑去。

飞来的炮弹正好击中了镜子的中央，并在后面的墙壁上留下了巨大的一个弹坑。每一块镜子的碎片上都映着杰森的脸庞，紧张到变形，却有着坚定的眼神。

男孩转过身来：通向阁楼的那扇木门歪在一边，寒冷的气流不停地从尤利西斯的书房吹来，杰森不顾危险，毅然走了进去。

阁楼已经明显向一侧倾斜：地板如同橘子皮一样全都翘了起来，桌子、椅子、行李箱、航海模型、日记本以及其他所有尤利西斯·摩尔的物品都堆到了最远处的角落里。杰森紧紧抓住门框，突然感到一阵晕眩。

"不……"他自言自语说，"不要现在啊……"

透过已经没有玻璃的窗户，男孩可以看到基穆尔科夫沙滩的全貌，那艘船仍然停在深色的大海中央，甲板上亮着一支支火把，那些猴子船员正在八门大炮的后面来回忙碌着。

杰森回忆了一下已经落地的炮弹数量：击中镜子的那一发是第七枚，不，应该是第八枚，如果算上将他们全家吵醒的那一枚的话。

这样看来，在那艘船上，现在应该正在加载新的炮弹，因为轰鸣声和呼啸声在此时此刻有了短暂的停歇。院子里传来了人走在鹅卵石上的脚步声，随后是汽车的发动声，男孩的妈妈焦急地大声喊道："杰森！你在哪里？杰森！"

这时，房间的地板发出了阵阵令人担心的断裂声，阁楼倾斜得更严重了。尤利西斯·摩尔的行李箱沿着斜坡翻滚着向下滑去，盖子也自己打开了，所有的文件和手稿撒了一地。杰森咬了咬牙，不得不忍痛放弃挽救这些文件，他在黑暗中四下张望，搜索着自己最初上来时想要寻找的东西。

很快他便找到了，在最远处的角落里，位于掉落的书本以及花瓶碎

片的中间，那是一台有着奇怪外形的八音盒，如同一部袖珍的旋转木马一样，只不过在原本是马的地方装上了船。长期以来，这个八音盒与其他杂物一样，挤在阿尔戈山庄的某一个抽屉里，柜子里或是书架上，与房子前主人从世界各地收集而来的纪念品放在一起，直到前一天，男孩和茉莉娅才从布莱克·沃卡诺的口中得知了这件物品的来历，是一位名叫伊丽莎白·开普勒的女士赠送给尤利西斯的父亲——约翰·杰斯·摩尔的礼物，并且在这件物品里隐藏着某个不为人知的巨大秘密。

男孩伸出一只脚，踩在了有些变形的地板上，然后慢慢将自己的重心移到这只脚上，地板发出有些颤抖的吱呀声，不过幸运的是……它并没有断裂！阿尔戈山庄那古老的墙壁亦没有倒塌！杰森小心翼翼地跨出第二步，然后继续弯着腰向前进，男孩的动作十分缓慢，同时一直注意着房间的地板和海上的那艘船。

那艘船会不会是在他们触发了八音盒的机关之后才出现的？虽然这个想法有些荒唐，不过自从搬来这里之后，他就学会了不要轻易排除任何看上去不太现实的可能性。如果这个假设成立的话，那说不定可以通过操作这个八音盒让那艘船再次回到它原来的地方去。要找到答案的方法只有一个，男孩继续慢慢接近房间角落里的那一堆东西……

"杰森！"父母的喊声被一阵震天的轰鸣声所掩盖。

男孩回头望向窗外，只见到海面上倒映出红色的的两道火光。"糟糕。"他咬紧牙关自言自语道。

他将自己的双脚支撑在房间角落里那个打开的行李箱上，正在这时，还没等他来得及眨眼，就听见一阵玻璃破碎的声音。第一枚炮弹已经正中阁楼边上的藏书室。

"该死！"杰森屏住呼吸，加快向前移动。

男孩的手指摸过了行李箱表面富有质感的表皮，黄铜的锁扣，然后

摸到了一本书的书页，原房东收藏的一艘船模，最后是……

第二枚炮弹重重地落在院子里的花坛中，将地面砸出了一个恐怖的大坑。整个阁楼都开始晃动起来，加剧了倾斜的程度，一些日记本、画、雕像和一把椅子从破碎的窗户里飞了出去，在屋顶上翻滚了几下之后落到了院子里。

杰森大气都不敢喘，身体紧紧贴在墙上，举步维艰，不过他并没有放弃，他腾出一只空着的手，在物品堆里摸索着，终于他摸到了八音盒的一个尖角。他将手尽量伸长，手指沿着八音盒一厘米一厘米地向前，最终触碰到了物品的另一侧，伴随着手指一抖，八音盒顺利落入了男孩的手里。

"好！"他兴奋地喊出声道。

"杰森！"这次传来的是茉莉娅的声音。

杰森紧紧抓住八音盒，心里想着："我这就来！"他转身慢慢向门口移动，心里再次默念道："我这就来！"。阁楼的门此时在他的上方，男孩刚跨出半步，原本支撑着整座阁楼重量的那根横梁突然断裂了。

瞬间，阿尔戈山庄的阁楼沿着房顶翻滚着落了下来。

第二章
虚幻旅行者办公室

"你们来对地方了。"全球虚幻旅行者办公室的一位金发负责人说道。

"首先你们需要阅读以下这里的须知，然后把这张表格填好。"另一位红发的工作人员微笑着说道。

"不过通向黑暗之港的亚丽安娜线目前只向成年人开放。"这时一位棕色头发的工作人员头也不抬地补充说。

"嗨，等一下！我已经是成年人了！"小弗林特狡辩道。

"嘘……"内斯特在边上拍了拍他，说道，"让我来说。"

小弗林特嘴上仍然继续嘀咕着什么，不过人退到了一边：这里真是一个可笑的地方！几个小时以来，他们一直不停往返于这个大迷宫里的

各个办公室之间，而眼前的这些官僚主义的各种表格却仍然没完没了。另外，自从他们从火山口下到这里之后，至今仍然什么东西都没有吃过。

老园丁一瘸一拐地走到柜台前，看着三位如同雕像一般坐着的工作人员，每个人的工作台上都放置着一块牌子，上面写着她们的名字：伊莲（金发工作人员），蒂凯（红发工作人员）以及尤诺米娅（棕发工作人员），三人之间坐得非常近，中间穿插着许多杂乱无章的彩色线条将彼此分开，而这些彩色的线条同时也布满了整个房间：房顶、墙壁以及地板上都有。在桌子的一侧，这些彩线被十来个钩子固定住，然后通往房子的深处。

也许正是因为不了解亚丽安娜线的缘故，才让内斯特和他的那位小朋友走了许多冤枉路，至少他们现在已经明白，在这个巨大的幻影迷宫之中，亚丽安娜线是唯一可以用来辨明方向的工具。

金发的那位工作人员戴着一副蝴蝶形状的奇怪眼镜，在她的面前放着一堆叠放起来的线筒。而坐在她身边的那位红发工作人员周围则堆着许多书籍、册子和各种各样的记录本，上面写着各种记录、规则和代码。

在第一眼见到这些东西的时候，内斯特立刻联想到了自己在阿尔戈山庄里的藏书室，不禁叹了口气。与此同时，那位棕发工作人员则拿起一把剪刀，剪断了一根绕在她四周的线，随后在一张纸上盖上了一个章。

"事实上……小姐们……"老园丁尽量让自己的声音听上去更悲惨一些，说道，"……我们在这里的各个办公室之间已经转了好久了……"

"这里并没有时间的概念，先生。"棕发工作人员一边说着，一边剪断了另一根线。

内斯特深深吸了一口气，说道："但是对于我们来说，时间已经不早了，所以我们必须……必须……尽快去那些黑暗之港的地方，你们能够明白吗？"

金发工作人员眨了眨眼睛，示意她自己已经听得很清楚了，红发工作人员看着金发工作人员，而棕发工作人员则再次剪断一根线。

"总之，为了能够尽快把这些事情做完，虚幻之地办公室的工作人员让我们来这里找你们领取一根黑色的亚丽安娜线……应该是黑色的，如果我没有理解错的话。"

"你说得没错！"金发工作人员从周围的彩色线中取了一根黑色的出来。

内斯特微笑着说："很好，看来我们总算理解彼此在说些什么了。"

"虚幻之地办公室的工作人员当然会让你们来这里，"红发工作人员说道，"因为我们才是派发这些线的人！"

"同时我们也是检查这些线的有效期的部门。"棕发工作人员又剪断了一根线，然后盖了一个章。

内斯特清了清自己的嗓子说："好的，既然是这样的话，那么我们需要一根黑色的亚丽安娜线，两人使用的，然后……"

"很遗憾，按照规定来说我们是不能够这样做的。"红发工作人员指着小弗林特说，"小孩子不得进入黑暗之港！"

"我不是小孩子！"小弗林特抗议道。

"为什么他不行？"金发工作人员看上去有些失望地问道。

红发工作人员翻开了一本厚重的册子，然后用手指指着上面的内容念道："在《虚幻地知其然而不知其所以然》的规则解读第45段中是这样写的，对于'婴儿'来说，只能够提供白色亚丽安娜线，'幼儿'可以索取粉色、绿色、橙色和蓝色线，'儿童'可以索取红色和品红色线……"她慢慢从密密麻麻的规定文字中抬起头来说道，"总而言之，我们只能为像您这样的老年人提供黑色亚丽安娜线。"

听到对方如此称呼自己，阿尔戈山庄的园丁再也无法克制自己的怒

火了。"请注意你的言辞！"他忿忿地说道，"我没有你说得那么老！"

"看到了吧？"小弗林特在一旁附和说，"这三个人根本就没把我们放在眼里！"

"我可以问一下您今年多大了吗？"棕发工作人员问道。

内斯特回答了之后，金发工作人员立刻惊呼道："您保养得真是不错！"

"理论上来说，"红发工作人员继续道，"按照第 61 段的定义，您的年龄应该被认定为'中老年'，同时，您可以获得一个特别的折扣以及一个赠送的背包。"

"我可不要什么愚蠢的背包！"内斯特急切地回答说，"我只要我的亚丽安娜线！"

"别这样，您收下吧。"金发工作人员递了一个十分漂亮的小包给内斯特，"这个很实用的！"

"至于你，就要麻烦你等到年龄够了之后再过来了，明白了吗，小家伙？"红发工作人员扭头转向小弗林特说道。男孩恨不得此时此刻自己的手上能够有一把喷火伞。

内斯特仔细看了看背包，然后又看了一眼小弗林特，谁知道呢，也许努力一下，可以把小男孩装进包里……

"现在我有些问题需要问您，先生……"金发工作人员再次开口说道。

老园丁疑惑地看着对方。

"是这样的……您确定要去黑暗之港吗？您知道那里都是一些很危险的地方，并且一旦过去是无法返回的吗？"

"是的，我知道。"内斯特点头说道。

"您为什么想要去黑暗之港呢？"金发工作人员又问道。

"我在寻找一个人。"

"您能够说得更具体一些吗？是在寻找一个怪物？一个恶魔？还是一个杀手？"

"我在寻找的是我的妻子。"

"也就是说您的妻子是一位黑暗之港的居民对吧。"金发工作人员继续说道，"那么她是做什么工作的呢？是一位暗杀者？还是下毒者？或者是连环杀手？"

"不！这些都不是！我……"内斯特叹了口气回答说，"……我想她应该是被绑架了。"

"绑架犯！"金发工作人员说着，在表格上的一个格子里打了个勾。

内斯特正准备辩解，不过他想了想，决定还是不再多嘴了。

"您曾经在虚幻旅行地被捕过吗？"工作人员又问道。

"你说什么？"

"如果您回答是的话，后面可能会有些好处。"

"不，不，我从来没有被捕过。"

"您是否曾经从事过间谍活动，蓄意破坏，走私活动或是其他非法活动？"

"我……没有……是这样的，我曾经带回家过一些纪念品，仅此而已！"

"这些物品是非法带回家的吗？"

"这我怎么知道？因为我的妻子喜欢，所以我就买下了它们……或者是用其他物品交换而得来的……"

"我先写上'非法携带'，如果不对的话，届时我们再改回来就好了。"金发工作人员简单地说道，"进入了黑暗之港之后，您会从事一些针对其他虚幻之地的恐怖活动吗？您是否曾经组织过或者帮助过任何摧毁虚幻之地的活动？您是否曾经在虚幻之地逃过税或者企图逃税？"

对于这些问题，内斯特已经感到十分不耐烦了。"听着，我们什么时候才能够结束这些愚蠢的问题？"他问道。

"请您回答是或否！"

"没有，而且即便我曾经逃过税的话，也不会在这里告诉你们啊！"

金发工作人员迅速在纸上写了几行备注，然后将表格交给了红发工作人员盖了章，再拿了回来。

这张表格最终回到了内斯特的手里。"好了，填写完毕。"金发工作人员微笑着说。

"这样就可以了吗？"老园丁皱着眉头看着工作人员问道。

"请将这张表格交到这里隔壁的办公室去申请通行证。"红发工作人员解释说，"我们会在这里为您准备您所需要的黑色亚丽安娜线，您拿到盖章的通行证之后再回来这里拿线，然后就可以跟着这根线一直走去通向黑暗之港的大门了。"

"那之后……我该怎么回来呢？"内斯特疑惑地问道。

"回来？"金发工作人员吃惊地看了一眼自己的同事。

"我想这里可能有些什么误会。"红发工作人员说道。

"从来都没有人从黑暗之港回来过。"棕发工作人员补充道。

"是的，没错，从来都没人回来过。"金发工作人员再次强调说。

"所以您能够拿到的通行证是单程的。"红发工作人员最后说。

第三章

事 故

杰森·科文德几乎不敢相信自己居然做到了。

男孩就这样悬挂在阿尔戈山庄的屋顶上，一只手抓住几秒钟之前还是门槛的地方，尤利西斯·摩尔最喜欢的那间阁楼此时已经荡然无存，杰森的双脚就这样悬在半空中来回晃动着。

杰森的耳边仍然回响着最后那下炮击的隆隆声，以及阁楼轰然倒地所发出的巨响。他打了一个哆嗦。夜晚的寒风无情地吹在他的身上，径直钻进了男孩的毛衣和那件还没来得及换下来的睡衣里。

他用力挥动另一只手，将八音盒从敞开的门口扔进了屋子里，随后他用双手抓住了木头门槛，将自己的身体拽了上去。

在进入了屋子之后，他用手拍了拍身上的灰尘，这才意识到自己的

嘴唇由于紧张在不停地发抖。屋子里灯光也像是感受到了恐惧一般忽明忽暗，从藏书室的门里不停地有纸张和书页飞出来，如同将死的蝴蝶一般时高时低，最后落在过道的地板上。

与此同时，外面再次传来了焦急的叫喊声：他的父母和妹妹都在寻找他，不停地喊着他的名字。

杰森缓了缓自己的呼吸，然后吸足了一口气，以最大的声音回答道："我没事！这就下来！"

然后他将八音盒藏到了自己的衣服里，跨过镜子边上堆着的纸张，头也不转地经过了藏书室的门口。此时过道里通向房顶的那扇暗门已经由于炮弹的袭击而打开了。

这里就是基穆尔科夫秘密的守护地。

多年以来收集的书籍，保留的秘密，都永远地消失了……

男孩努力让自己不要再去想这些事情，他径直来到了妹妹的房间，打开房门，房间里弥漫着一股咳嗽药水散发出的菊花味，男孩按下了灯的开关，但是却没有反应。

于是他只能摸黑慢慢寻找茱莉娅留在房间里的某件物品，这个东西是女孩几天前在小镇上的一个柜子抽屉里无意发现的，现在想起来恍如隔世。

房子的外面再次传来了急促的喇叭声，听上去科文德先生十分焦急。杰森意识到已经没有时间了，他必须立刻离开这里。

于是男孩迅速跑下楼梯，跨过沙发，来到了院子里，四周充斥着扬起的尘土和破碎的石块，在稍远一些的地方，他看到了两盏车后灯发出的红光。

科文德先生就站在车子的边上，车门打开着，他的手直接按在了喇叭上。"杰森！你想要吓死我们吗？"当父亲看见男孩时大声喊道。

杰森并没有回答，而是直接上前给爸爸一个拥抱，而科文德先生

也同样紧紧抱住杰森，甚至让男孩感到有些透不过气来。

"快走吧，赶紧！"说完，科文德先生坐进了驾驶室，并关上了车门。

杰森直接钻进了车里，一屁股坐到了茱莉娅的身边。女孩安静地望着哥哥，眼神里充满了担心，然后也给了他一个拥抱。

科文德太太看着这一幕，用手捂住自己的嘴巴，激动得说不出话来。

科文德先生将车辆挂上了一挡，便出发了，正在这时，一枚炮弹呼啸着穿过树林，正中阿尔戈山庄。

杰森和茱莉娅同时转头望去，悬崖顶上的这座古老山庄犹如一位战士一样，虽然伤痕累累，却决不后退一步，玻璃渣子，破碎的石块，尤利西斯·摩尔收藏多年的书本残页，纷纷从楼上掉落下来。

"这不是真的……"茱莉娅喃喃自语道。

杰森转过头来，不愿再看：在他的心里，那座山庄一直都有着自己的生命，同时被某些精灵守护着，那些精灵也许会在半夜里移动山庄里的物品，然后在孩子们醒来之前再将它们放回原位，如果真是如此的话，也许那些精灵本可以阻止这一切的发生。不过当他回想起刚才经历的一切时，心如同被什么东西揪住了一样。

他为了守护这座庄园一直在努力着，先是奥利维亚，后有燃烧者，另外还有鲍文医生和弗林特兄弟，庄园的结局本不该如此。

事情怎么会变成这样？

有什么东西开始轻轻落在了车窗玻璃上。

"真是的，偏偏在这个时候开始下雨了！"科文德先生绝望地打开雨刮器，雨水混合着尘土在车子的前挡玻璃上形成了薄薄一层泥浆。

"这样什么都看不见了！"他的妻子着急地喊道。

"我知道，我知道！该死！"丈夫一边回应着，一边将车子驶入了通向基穆尔科夫小镇的道路上。

"你打算去哪里？"

科文德先生来来回回打开和关闭方向灯三次之后，决定说："去镇上！"

"有人正拿着大炮对准我们！"科文德太太大喊道，"你还打算去镇上？"

"那里可能有人需要帮助！"丈夫回答说。

科文德太太一把抓住了他的手腕，着急地说道："我不管！我们得先考虑自己的安全，赶快逃离这里！"

杰森摇了摇头。"逃离？"战斗才刚刚开始，他们不能就这样当了逃兵！他看了一眼茉莉娅：两人可是被选出来的基穆尔科夫的守护者！

妹妹也看了哥哥一眼，然后从后面抱住了妈妈。

"爸爸说的没错！"女孩镇定地说道，"镇上的其他人可从来都没有丢下我们不管过……"

科文德太太情不自禁开始抽泣起来。"我知道……"她低声回答说。

一家人都不再说话，同时科文德先生缓缓地透过玻璃窗上的泥浆，辨认着前面的路况，驶向基穆尔科夫小镇。

突然，天空中闪过一阵白光，如同一支利剑一样直刺海上，雨下得更大了，车辆的雨刮器正以最快的速度工作着。

"我们不该选择来这里生活……我们不应该……"科文德太太哽咽着说，"一直以来我们都生活在大城市里……"

一声惊雷盖过了科文德太太接下来的话语。

杰森和茉莉娅在后座上越靠越近，肩并着肩。

"你拿了那本笔记本了吗？"杰森轻声问妹妹说。

女孩点了点头，然后问道："那你拿到那个八音盒了吗？"

"拿到了，你看一下现在有没有其他人……"

茱莉娅打开了莫里斯·莫洛的笔记本——这本笔记本能够让身处在不同地方的读者相互对话，女孩快速翻动纸页，不过安妮塔、玛拉留斯·沃尼克和乌迪玛（最后之人）都不在上面。

"没有，真是奇怪，好像所有人都在睡觉。"

"沃尼克也不在上面？"杰森嘀咕着说，"那么响的炮击声都没有将他吵醒？"

当车辆沿着蜿蜒的山路向下行驶时，孩子们一直留意地看着停在海上的那艘黑色帆船：船上的所有猴子船员都穿着水手衬衫和水手裤，一部分猴子灵活地在桅杆之间跳来跳去，另一些则在甲板上忙于给大炮的引线点火。与此同时，海里有两艘救生艇正向着岸边驶来，不过由于距离太远，孩子们无法看清驾驶员到底是人还是猴子。

船上唯一能够分辨出来的人类就是那位船长了。

毫无疑问。

"他就是史宾西船长！"杰森咬着嘴唇说道。

茱莉娅点了点头。

兄妹两人双手相握，相互鼓劲。

杰森迅速在脑海中回想了一遍布莱克·沃卡诺在前一天晚上告诉他们的事情，努力寻找着这一周以来发生的事情与这艘海盗船到来之间的关系：内斯特突然离家出走，鲍文医生离奇地坠下深谷而死去，整个小镇经历了一场突如其来的洪水，孩子们先是穿过幻影迷宫，然后他自己又去了一趟阿尔卡迪亚……尽管男孩尽量让自己不放过任何细节，不过对于其中的关系却仍然毫无头绪。

茱莉娅在他的身旁，眼睛透过脏兮兮的玻璃注视着前方的道路，同时心里在计算着基穆尔科夫这里还剩下几个朋友：内斯特带着四把钥匙离开了，伦纳德和卡利普索已经出海好几周了，安妮塔·布鲁姆随着她

的爸爸还有剪刀兄弟一起去了伦敦，而瑞克和托马索仍然留在 1751 年的威尼斯还没有回来……

女孩不禁感到后背一阵发凉，事实上在基穆尔科夫，目前除了自己兄妹两人和布莱克·沃卡诺之外，没有别人可以帮得上忙。

外面的雨滴猛烈地拍打着玻璃，科文德先生再次放慢了一些速度，在拐过了一个弯之后，一行人已经能够看到镇上的房子了，小镇上的灯都亮着，而居民们也都在听到了炮击声之后走出了家门看看到底发生了什么。

杰森寻找着刚才在山上看到的两艘救生艇，但是却不见它们的踪影。难道它们已经登陆了？男孩的额头顶着玻璃，双手放在眉头上，为了能更好地看清楚外面的情况。海盗船正在调转方向，史宾西船长挥舞着手臂，猴子船员们则忙碌地准备着炮弹。

"爸爸！你可以开快一点吗？"杰森催促道，他急切地想知道到底发生了什么事情。

"哦，好的！对不起！"科文德先生一边说着，一边一脚踩下油门。

突如其来的一声巨响将四个人都吓了一跳。

"发生了什么？"科文德夫人问道，"是打雷吗？"

接着又是一声巨响。

长长的火光划破了小镇的上空。沙滩上的人们叫喊着四散奔逃。一枚枚炮弹落在了小镇的房子上，一片狼藉。

"罗伯特！不要！我们快点调头！"科文德夫人紧紧抓住丈夫的手臂喊道。

"调头去哪里？"科文德先生反问道，他的手臂和右腿被妻子紧紧抱住，两人如同木偶一样，被恐惧所支配而无法动弹。

"爸爸，当心！"杰森突然指着马路前方惊呼道。

"罗伯特！"

在马路的中间突然出现了几个奇怪的影子。科文德先生按了几下喇叭，然后突然打了一下方向，脚下刹车和油门同时踩了下去。车辆在湿滑如同冰块的水泥路上转着圈向着大海一侧冲出了马路，挡泥板重重地撞在了一块石头上，并沿着灌木丛中继续向着沙滩滑下去。

这一切的发生只不过几秒钟的时间，对于科文德一家来说却恍如隔日。

在下坡路的尽头，汽车一头扎进了沙子里，大灯和发动机同时熄灭了，只剩下雨点继续不停地落在玻璃上。

"罗伯特？"科文德夫人的身上已经被雨淋湿。

"米莉亚姆？"科文德先生回应道。

"孩子们，你们还好吗？"

几个身影沿着车辆滑下来的印子向着一行人跑来。

科文德先生仍然回想着刚才突然冲上马路的那些身影。

佩剑。

水手帽。

尾巴。

"孩子们，你们在后面没事吧？"

有什么东西似乎正在划着车门，另外还有几个身影在搬动着车辆边上的石块。

科文德夫人转过头去，正好看到车顶上似乎有什么东西翻了过去。

"罗伯特！"

随着一声清脆的响声，一把生锈的弯刀砸破了车辆的挡风玻璃。

"米莉亚姆！"

科文德夫妇看到自己的车子已经被数十个影子给包围了。

"孩子们！孩子们不见了！"

莫里斯·莫洛

　　他的画作一直都在我的记忆深处，那些作品只有一个拥有年轻积极之心的画家才能够创作出来，因此，我从不相信那些关于他失踪真相的胡乱揣测。

第四章

信

玛拉留斯·沃尼克一下子从床上跳了起来，只感到斯特拉老师家的整幢房子都在颤抖着，如同发生了地震一样。

黑暗之中，他缓缓寻找着床头柜上夜灯的开关，然后抓住了台灯上的那根垂下的链子将其拉下，便保持这样，不再动弹，他实在是太困了。

也许他只是做了一个噩梦而已。

他侧耳倾听，最先听见的就只有雨声。原来如此，他一边说着，一边放开了手里那盏台灯的开关：刚才自己听见的那声巨响只不过是一个响雷而已。

然后他翻了个身，将那床沉甸甸的被子裹紧自己的身体，并将手伸到了枕头的下面，十分享受这种松软的压迫感。

原来只不过是一场普通的暴风雨……

还没等他反应过来，第二声巨响接踵而来，整幢房子的地板如同纸片一样颤动着。玛拉留斯·沃尼克从床垫上翻身站了起来，用被子裹住身体。

巨响的回音慢慢散去，不过斯特拉老师家里的杯子、花瓶和银器仍然不停震动着。

难道是闪电击中了他们的房子？

他拖着被子下了床，来到了窗边，透过百叶窗的缝隙，他看到在路上有不少行人正在一边奔跑着，一边在不停地叫喊着，只不过由于雨势过大，他无法听清那些人到底在喊些什么。随着视线的上移，他看到对面房子的一堵墙倒塌了，地上扬起了大量的尘土。

"太可怕了……"沃尼克有些担心地自言自语说。

他任由被子滑落到了地上，伸手抓住了百叶窗的把手，将其向上推起，屋子外的雨越下越大。

沃尼克拍了一下百叶窗，并合起双手作喇叭状放在自己的嘴边，喊道："到底发生了什么？"不过话还没有说完，他便抬头看到了天空中划过一道闪亮的弧线，并且伴随着长长的呼啸声，当一枚枚炮弹落下的时候，小镇上的房子和围墙应声而倒。

这一突如其来的变故吓得他跌倒在地，然后趴在地上不敢站起来，脑子里寻思着到底是怎么回事。

从他身后的窗口不停有雨水滴落进来，并伴随着人群的呼喊声。

沃尼克压低身子，取回了自己的衣服，在胡乱套上之后便准备离开房间，直到这时，他才突然想起了莫里斯·莫洛的笔记本和自己那本《我心飞翔》的手稿。

于是男子一把抓住笔记本塞进了自己的口袋里，同时将书桌上的那

叠稿子卷起来之后放到了自己的毛衣里，然后狼狈地跑出了房间。

他感到整幢房子似乎都已经倾斜了起来，并且像一艘船一样左右晃动着，墙上挂着的那些动物标本好像随时都准备从那里蹦出来一样。

这时他看见了一个微弱的光线从楼上传来。

"斯特拉小姐？"男人问道。

另一声巨响震得房子不停抖动，摇摇欲坠。

一个马头从墙上掉落下来，沿着楼梯向下滚去。

"我的天哪！"楼上传来了斯特拉老师的惊呼声。

沃尼克赶紧顺着声音的来源跑去，只见到她蜷缩在过道的角落里，手上拿着一个烛台，上面的蜡烛仿佛随时都会熄灭似的。

"您还好吗？我这就扶您起来！"

年迈的老师抬起双眼，盯着眼前这位客人的眼睛。

"哦，真是太可怕了，沃尼克先生……"老师搀扶着男子的手臂，说道。随后她缓缓站了起来，但是似乎并不是太稳。

"请把蜡烛给我……"沃尼克轻声细语说道。

"好的，好的，当然。"

"请加一件衣服吧，我们得……"沃尼克并不知道此时此刻究竟该怎么办，不过顶着炮弹留在这座屋子里显然是不可能的，"我们得赶紧离开这里……"

"我们被人袭击了，是吗？"斯特拉老师平静地问道，仿佛这是一件再正常不过的实情，"不过，这种事情迟早都是会发生的。"

沃尼克张嘴想要说些什么，不过却无法说出话来。

"上帝保佑，"斯特拉老师继续说道，"要是我丈夫在的话……"

"我们先离开这里吧。"沃尼克催促道。

年迈的老师点了点头，对于此时此刻能够有一个男人出现在自己的

身边，她深感欣慰。"沃尼克先生，您能否帮我一个忙？"

"当然！"男子有些着急地回答说，"不过……"

"这件事非常重要，请相信我……这件事真的是非常重要的……"

"好的！好的！您是想让我帮您拿一下大衣吗？"

"我的动作很慢，沃尼克先生。"

"如果您同意的话，我可以抱着您走……"

"而且我还有尊严要守护，"斯特拉老师微笑着说，"而您……您一定可以帮我的……"

两人头顶的天空中传来了几声闷响，接着是一片寂静。沃尼克猜测是不是马上就会有其他的炮弹落到基穆尔科夫小镇上。

"女士，您说的我一定照做，只要您动作快一些！"

"那这样的话，请您随我来，请您原谅我带您去我的卧室……"

斯特拉老师让男子将烛台放在了房间角落里一个非常典雅的书桌上，然后让他打开衣柜，并取出了一个鞋盒。

"对不起……"沃尼克有些犹豫地问道，"到底是哪个……"

"随便哪一个都可以，里面只要没有鞋子就好。"

沃尼克拿出了一个带有一些牛至气味的鞋盒，然后对着烛光打开，确认了里面空无一物，这才回到了斯特拉老师的身边，这时老师的手上已经多了一张信纸和一支钢笔，坐在书桌边。老师的手不停地写着，并让男子从抽屉里去一些棕色的包装纸和胶带。

"请在盒子里放入报纸……然后再放些重物进去，因为一般来说太轻的包裹都比较容易丢失。"

"女士……"

"请照我说的做，谢谢。"女士如同一位正在向学生布置作业的老师一般说道。

沃尼克没敢再说什么。

大约几分钟之后，盒子已经准备好了，斯特拉老师将写好的信放入其中，然后让沃尼克封好。

"好了，"老师满意地说道，"现在就差地址了，啊，看看我的记性！您可以帮我在那里抄一下吗？"

老师指着床头柜上一份折起来的报纸，男子看到报纸的标题上写着《幻想之声》。

"需要我抄什么呢？"

"请看一下报纸的页眉……"

"虚幻之地官方报刊……"玛拉留斯·沃尼克念道。

"再下面。"

"可是我们这到底是在做什么呀？"

房子里再次响起了一声轰鸣，墙上的镜子摔落在了地上，瞬间化为了碎片，蜡烛突然熄灭了，屋子里一片漆黑，斯特拉老师缓缓走过去，平静地重新点亮蜡烛。

"地址！沃尼克先生！拜托您了！"

玛拉留斯·沃尼克重新看了一眼报纸，找到了地址，并将其一字不差地抄写在了包裹上。"写好了！"他有些生气地说道，仿佛是在和一个疯子讲话一样，"现在呢？"

"现在请您拿好这个包裹，"斯特拉老师小心翼翼地将盒子递过去，"然后去镇上的邮局，把它放到右边的邮箱里，越快越好，不管发生什么事情！"

"女士，邮局现在……"

"哦，您不用担心，哪怕是发生战争，右边的邮箱仍然是照常工作的！

我的这个包裹一定会被派送出去的，请放心。我只是拜托您去一趟邮局，然后按照我说的将包裹放进邮箱里就可以了，最好是在今晚就寄出去。"

沃尼克有些疑惑地摇了摇头："我可以问一下为什么您要这样做吗？"

"很抱歉把您也卷了进来，还拜托您帮我做这种申请离会和请求救援的事情，沃尼克先生……"斯特拉·埃文斯老师平静地回答说，"这件事情说来话长，不过……如果这个包裹能够顺利到达目的地的话，我相信基穆尔科夫会处在一个更安全的境地。"

"申请离会和请求救援……"

"正如您所见，虚幻旅行地有时候会比真实的世界更加危险，如果我没有听错的话，我们现在正在被人袭击，而那些轰鸣声正是炮弹落地的声音……"

"您说得没错！"沃尼克确认说。

"这就对了，"老师摇了摇头，"几年前，可能是我当时太冲动了，我本来应该在当时就申请离会的，结果正好那时候那两个孩子出现了……"

"您说的是科文德兄妹？"

斯特拉·埃文斯点了点头。"正是他们的出现，让我产生了也许我们能够再坚持一下的幻想……"老师挥了挥手，说道，"不过这都已经不重要了！正如俗话所说，这就叫覆水难收。"

老师伸手抓住了沃尼克的手腕，她的手指十分纤细，如同一把扇子的扇骨一样："请尽快将这个包裹发出去，如果这座小镇能够挺过这次袭击的话，也许今后就能够迎来和平了，我们会回到现实世界的，沃尼克先生！"

男子不解地看着老师，不过老师并不再解释，而是握紧了他的手，将一把挂在银色链条上的钥匙塞了过去。"在马路的另一边有一扇白色的小门，"她说道，"那里原来是我丈夫的实验室，我已经有好久都没有过

去了，不过……如果我没有记错的话，那里应该放着几把他的猎枪。虽然我从来都没有用过这些枪，不过东西应该还是好的，你所需要的子弹就放在枪下面的盒子里，如果你需要的话。好了，现在你快走吧！"

沃尼克向后退了半步问道："那您呢？您不和我一起走吗？"

斯特拉老师缓缓摇了摇头说："沃尼克先生，一般来说，上了年纪的女士，出门之前都需要好好准备一下，您先走吧，我一旦好了就来找您。"

不过老师的声音里分明隐藏着些什么……也许她根本就不打算再离开自己的房子了。

不管怎么说，玛拉留斯·沃尼克不等老师再次重复同样的话，腋下夹着那只奇怪的盒子，就走下楼梯，来到了底楼。

当自己的脚重新踏上坚实的地面时，男子的心里感到了一种说不出的踏实。

他取回了自己的那把伞，然后又拿了一个背包，将鞋盒、手稿和莫里斯·莫洛的笔记本尽数塞入其中，打开房门，钻进了大雨之中。他很快便注意到了老师所说的那扇白色小门，于是打着雨伞向着那里走去。

按照老师的说法，她的丈夫应该非常热衷于制作动物的标本，整天和动物的尸体打交道，不过沃尼克无法理解如果一个人空余的时候靠这个来打发时间的话，他是怎么会再成为一位猎人的。不过这些都是无关轻重的话题，他心里想着，走过了马路。

不过男子也不得不承认，当老师拜托他去邮寄这个盒子的时候，他心里还是产生了不少的疑惑。真是遗憾哪，就在前一天的晚上，老师还用了许多华丽的辞藻来形容自己写的小说，而且那些夸奖听上去都非常真切……

他突然停下了脚步。

在马路的远处突然出现了一个巨大的猴子身影，手里拿着刀，头上

还戴着一根海盗绑带。

"这怎么可能……"玛拉留斯·沃尼克抓紧手里的雨伞嘀咕道。

那只猴子缓缓放低手里的那把已经生锈的刀，同时喉咙的深处发出了阵阵低吼声。

"这实在是太夸张了！"燃烧者俱乐部的头目大声喊道，"你这个家伙到底想怎么样？还不快闪开！"

男子突然收起雨伞，对准了马路的另一端，转动手中的把手，一阵火光似乎将整条街道都吞噬了。

第五章

猴子海军

"快离开，加油！"杰森对着妹妹喊道。

"爸爸和妈妈！"茱莉娅指着滑下斜坡的车子喊道，她和哥哥两人幸运地在最后时刻跳离了车辆，"爸爸和妈妈还在那里！"

杰森一把抓住了妹妹，说道："他们自己会想办法解决的！撞击不是很严重，应该没有什么大碍！"

这时男孩突然将女孩按到地上，并示意她安静。就在距离两人几米远的地方，两个弯腰弓背的身影正沿着山崖的小路向着阿尔戈山庄前进。杰森和茱莉娅躲在灌木丛的后面，目送着它们离开。

"杰森……"

"嘘！会被它们听见的！"

不过，天空中下着如此大的雨，同时不断有炮弹落在小镇上，再加上海浪拍打在礁石上的声音，旁人确实很难听见两人的说话声。

"那些是猴子。"茱莉娅看着那两个走在山崖小路上的身影说道。

"但是那个不是！"

杰森指了指那个站在兄妹两人父母车子边上的人影说道。只见那人身材魁梧，皮肤黝黑，衣着褴褛：外套的里面穿着一件破破烂烂的衬衫，胸口敞开着，脖子上戴着一条显眼的金项链，耳朵上戴着一对长长的耳坠。看上去似乎他才是那个给猴子们下命令的人。

"你觉得……他们会对我们的父母不利吗？"茱莉娅一想到自己的父母此刻落入了坏人的手里，便开始担心起来。

她的哥哥摇了摇头，忧心忡忡地回答说："我也不知道……"

男孩试图去解释这个可笑的情况到底是怎么回事，不过雨水隔着衣服打在他的身上，令他根本无法集中精神。这时他才感叹为什么瑞克没有和他们在一起，不然的话至少能够多一个有力的帮手……

海盗……猴子……一艘黑色的帆船不停向他们开火……自己的父母已经被对方抓获。

面对这样的情况，男孩的心里只有一个念头：他需要帮助，而且是马上就需要这样的帮助。

杰森躲在树丛的后面，以避免惊动沙滩上的坏人，然后沿着马路慢慢向小镇的方向移动。

"你去哪里？"茱莉娅在男孩的身后问道，"我们不能就这样丢下爸爸和妈妈不管！"

"那你有什么建议吗？难道要让我们也被抓住你才满意？"杰森反问道，"我得去通知其他人！"

茱莉娅走了过去，让男孩看着自己，然后整理了一下粘在额头上的

头发。"那然后呢？"女孩堵住了自己的一个喷嚏问道。

"我也不知道，茱莉娅！我也不知道该怎么办！"杰森回答说，"不过我知道我们不应该留在这里什么都不做。"说完，男孩转身跑向小镇。

茱莉娅回头看了一眼父母车子冲出道路的那个位置，然后深深吸了口气，闭上眼睛，转身向着哥哥的方向追去。

两人走进了小胡同里，然后从距离广场不远的地方走了出来，不久之前，人们还都聚集在此地看着炮弹从头顶上飞过，而此时，几个居民正匆忙地从两人身边跑过。

"对不起，借过一下！"

"你们看到了吗？这太可怕了……"

"快跑啊！"

雨伞，雨衣，所有人似乎都在逃命。

兄妹两人顺着人流向前望去，村民们已经离开了自己的家，所有人都向着同一个方向走去，也不知道他们究竟是去哪里。两人努力分辨着看看是否有认识的人在其中，不过村民们对他们却是视而不见。

"当心！"茱莉娅突然喊道，这时一枚炮弹正好落在了距离他们不远处的沙滩上。

"往这里！"杰森在人群里对着茱莉娅喊道，他很清楚自己的目标：必须尽快赶往位于彭普利路上的火车站，去找布莱克·沃卡诺。

两人沿着墙壁继续前进，当听见空中传来呼啸声的时候便蹲下来等候几秒钟，然后在瑞克家门口的地方转进了一条小路，这时，一个人朝着他们的方向跑过来。

"布莱克！"

"杰森！茱莉娅！谢天谢地你们都没事！"

　　基穆尔科夫的火车站管理员伸手将了将早已经被雨水打湿的胡子，然后指着被黑暗笼罩着的阿尔戈山庄说：

　　"我以为再也见不到你们了！"

　　布莱克身穿着一件宽大的黑色斗篷，这让他看上去像是一只巨大的蝙蝠，同时他的手上拿着一个望远镜。

　　"你们的父母呢？"

　　"被他们抓走了。"

　　布莱克将两人拉到了自己的身后："走着瞧吧，我们很快就会把他们救出来的！"

　　"那人是史宾西，对吗？"茱莉娅指着海湾边的那艘海盗船问道。

　　布莱克顺着女孩指的方向看了一会儿，脸色一沉，点了点头，然后将望远镜递给了杰森。男孩将其拉长之后对着海上望去，终于找到了那位船长。

　　"这个坏蛋……"

　　"你说得没错，他就像是一场瘟疫一样，每次你打败他之后，一不留神他就会卷土重来。"

　　在望远镜的中央，一个面无表情的男人正冷冷地看着一枚枚炮弹落到基穆尔科夫的土地上。他站在船舷边上，双手交叉在后背，穿着一身缝着金色扣子的水手服，头上戴着一顶鸭舌帽，额头前点缀着一个金色的船锚饰品，同时脖子上戴着一串奇怪的骷髅项链。

　　"你注意看他的耳朵。"布莱克说道。

　　杰森这才留意到史宾西的右边耳朵处好像缺少了一块，这应该是在最后一次和尤利西斯·摩尔相遇时留下的印记……男孩突然放下了望远镜，问道："他怎么会来这里？"

　　布莱克摇了摇头回答说："就目前来看，他显然是想要告诉我们他

很生气。"

茉莉娅从哥哥的手里接过了望远镜，说道："昨天你告诉我们说……已经把他困在了一个荒岛上，并且偷走了他的船。"

"没错。"布莱克嘀咕着说，"而且他的手下们也都和他闹翻了，我也不明白他是怎么逃出来的。"

"会不会是他们后来又回去接他了？"杰森猜测说。

"也许吧，不过我很奇怪他们是怎么找到那艘船的……"

"难道……这是同一艘船？"

"毫无疑问肯定是同一艘船：灰色玛丽号，那艘陪伴着他征战四方的黑帆海盗船……如同我之前告诉你们的那样，这艘船已经被我们藏在了一处人迹罕至的沼泽地里，更别说……我的天哪！这……不可能！"

"什么事情不可能？"

不过布莱克似乎完全沉浸在了自己的思绪里："即便他能够逃出那座荒岛，即便他能够找到那艘船，并且召集到船员……他怎么会找到来基穆尔科夫的航路？这不可能！"

茉莉娅继续看着海盗船的甲板说道："看上去他好像不是一个人。"

"你还看见谁了？"杰森问道。

"那人的脸被帽子遮住了，不过从手来看他肯定是人而不是猴子。"

"加上之前截住车子的那个人，也就是说对方至少有三个人类。"杰森补充说。

"截住车子那个人？"布莱克有些不解地问道。

杰森简短地说明了一下刚才发生的事情，前火车站长点了点头，陷入了沉思。

"你们有注意到他的鼻子吗？是不是这里和这里都破了？"

杰森点了点头说："你认识他吗？"

　　"也许你们所说的那个人真的是他的前部下，我记得他叫什么来着？……当心！"

　　三人紧贴着墙壁蹲下身子，正好几枚炮弹击中了靠海一侧的房子。

　　"我们得赶紧想办法阻止史宾西，不然的话他会毁掉整个基穆尔科夫小镇的！"杰森喊道，"而且我们还得救出我的父母！"

　　"你说的没错！"布莱克一边回答着，一边在披风里寻找着什么东西，"听着，现在最重要的事情，是先将村民们转移到安全的地方去。"

　　兄妹两人点了点头，由于之前他们见到所有的村民都向着一个方向撤离，于是他们问布莱克是否知道原因。

　　"其实这件事情我们很早之前就有所担心了，"前火车站长提了提自己的皮带说，"彼得一直都说这件事情迟早都会发生的，所以我们也不是毫无准备……"

　　"你们预见到了小镇会被炮击？"

　　"不，准确点说，彼得担心的是小镇遭受到蒙古骑兵或是马来西亚土著人的攻击……不过从本质上来说两者没有差别……"

　　最后，他一把拽下了几串看上去十分古老的钥匙，然后分给兄妹两人各一串。说起这些钥匙，从上面刻着的字母来看，钥匙应该是由杰尼神父花园那里的巴尔塔扎锻造师所制作的。

　　"拿着！"布莱克对两人说道。

　　"这个给我们干什么？"

　　"这些是用来让村民们撤离的钥匙，"布莱克·沃卡诺脚蹬了一下地面说，"你们很清楚这里的地底下其实隐藏着许多暗道和迷宫……"

　　杰森和茱莉娅点了点头。

　　"不过你们可能不清楚地底下的那些密室里其实备着各种各样的生活必需品！更准确地说，应该是在上一次我们下去的时候，将那里完全利

用了起来，从床到食品和药品。这些钥匙应该还能用，不过你们得注意：密道的门锁结构有点特别：一旦从里面锁上之后，外面的人是无论如何都打不开的。"

"那这些密道的入口在哪里呢？"

"就是那些村民们正在赶去的那个地方，"布莱克指了指孩子们身后的马路说，"一共有两个入口：一个在学校那里，而另一个就在圣·雅各布教堂，菲尼克斯神父应该已经在那里了……"

"他也有钥匙吗？"茱莉娅问道。

"当然，不过你们还是得过去一起帮忙，他那里现在肯定缺少人手。"前火车站长伸手拍了拍两个孩子的后背。

"那你呢？"

布莱克·沃卡诺从茱莉娅的手里接过了望远镜，然后说："我……现在得去一趟灯塔那里，看看能不能找到人帮忙。"

"那你觉得我们可以向谁求助？"杰森问道。

布莱克抹了一把脸上的雨水，他第一时间想到的是也许通过伦纳德装在灯塔那里的"特别"广播能够联系到一些正在旅行中的朋友。

特别是……

"彼得·德多路士，他制造过一种武器……"男人对着孩子们说，"这个武器他从来也没有在现实中使用过，因为尤利西斯和其他人都不同意，不过……"前火车站长指了指冒着烟的萨顿悬崖，"它就藏在那里下面，守卫着墨提斯号……如果我们能使用它的话，对于此时此刻的我们来说应该是最大的帮助了。"

"如果真是这样的话，那可真是要谢天谢地了……"杰森嘀咕着说。

接着布莱克拍了拍双手说道："现在，快点了！我们得赶紧行动起来！给这个浑蛋海盗一些热烈的欢迎！"

　　在分开之后，杰森这才想起来他忘记告诉布莱克关于八音盒的事情了，他将手伸进口袋，摸了摸这个物品。也许这个小玩意儿根本没有自己想象的如此重要。

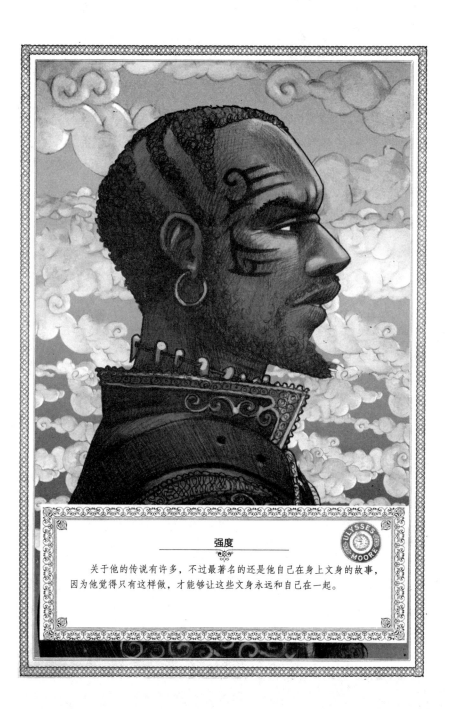

强度

　　关于他的传说有许多，不过最著名的还是他自己在身上文身的故事，因为他觉得只有这样做，才能够让这些文身永远和自己在一起。

第六章

避难

　　路上，不停地有炮弹落在科文德兄妹的附近，将小镇上的房子和玻璃砸得粉碎。每当听到空中传来呼啸声的时候，人们就会寻找附近的掩体暂时躲避一下，而就在几天之前，这里的建筑物刚被大水和泥土冲毁过一次。

　　当杰森和茉莉娅终于来到教堂门口的广场时，两人看见菲尼克斯神父正在引导村民们进入教堂，他们正准备走过去，杰森突然停下了脚步。

　　"怎么了？"男孩的妹妹问道。

　　"我看到了些东西。"哥哥回答说。

　　他不是很确定，不过刚才男孩的余光确实瞥到了一阵火光从左边的小路里一闪而过，随即一个弓着背的身影以极其奇怪的姿势跑开了，难

道是那些猴子吗？

"先别管这些了！"茱莉娅着急地说道，"我们得赶紧去菲尼克斯神父那里！"

杰森将自己手里的那串钥匙交给了妹妹，说道："我去确认一下，也许能够找到解救爸爸和妈妈的方法也说不定，我马上就回来！"

"杰森……"茱莉娅似乎准备反驳点什么，"哦，该死！像你这么顽固的人，即便我说了反正你也不会听的，只是你别再像以前一样给自己摊上麻烦了！"

女孩的哥哥此时已经离开了几步，听到这些话之后他转过头来，冲着妹妹眨了眨眼睛，然后消失在了雨中。

就这样，大约过了五分钟不到的时间，茱莉娅·科文德一个人手里拿着两大串中世纪的钥匙，冒着倾盆大雨和漫天呼啸而过的炮弹，出现在了圣·雅各布教堂前的广场一角。

这真是一件可笑的事情，要不是父母在自己的眼前被活生生地抓走，女孩至今都无法相信所发生的一切都是事实。

"别放弃，我还有很多事情要做……"女孩心里默默地说着，然后跑向了聚集在教堂之前的人群。

正在此时，睡不醒的弗莱德工作的那幢政府办公楼突然轰然倒塌，人群里爆发出一阵惊恐的尖叫声。一路上，茱莉娅先是看见了一些渔民冲进了镇上老人的家里抢救，然后又见到了一些消防员和为数不多的警察在那里维持秩序。这里的镇长和其他公务人员呢？怎么在之前的洪水、火灾和现在的海盗事件中都没有见到他们？

"菲尼克斯神父！是我，茱莉娅！"

基穆尔科夫的神父满脸汗水，紧紧攥着拳头，如同刚和一个恶魔进

行过殊死搏斗一样："茱莉娅！你还好吗？"

女孩并未过多寒暄，直接将两串钥匙递了过去。

一见到钥匙，菲尼克斯神父的脸上终于露出了一丝欣慰的表情，他示意女孩进入教堂，然后接过钥匙之后使劲在上面亲了一下，说："感谢上帝！你是在哪里找到这些钥匙的？"

"是布莱克。"茱莉娅缓了口气之后回答说。

"这真是太及时了！我这里只有教堂的钥匙，却没有学校那条密道的钥匙！"基穆尔科夫的神父似乎仍然对于这突如其来的帮助感到不敢相信，他随即转身对村民们说，"往前走！往前走！请保持秩序！进入神甫的起居室之后下楼梯！里面有神职人员会给你们带路的！"

神父向后退了一步，到茱莉娅的身边。"我暂时只能留在这里，因为他们还需要我……"他指着挤向入口处的村民们说，"不过……嗨！你，还有你！"

在听到了喊声之后，两个孩子面带疑惑地走了过来。菲尼克斯神父指着茱莉娅对两人说："你们两人跟着她，不管她让你们做什么，你们只管照做就是了，明白了吗？"然后他转向女孩说："你们去学校打开密道的入口，就在保洁室后面的地下室那里，然后尽可能把人群疏散下去。"

茱莉娅有些面带倦意地点了点头说："好的。"

"我相信你肯定不会让我失望的。"菲尼克斯神父伸手拍了拍女孩的肩膀，为她打气。

杰森来到了小巷的拐角处，弯下身子，探头望了一眼。另一侧的街道里没有其他人，只有一个矮小的身影站在那里，手里拿着一把黑色的雨伞，弯着腰，将一把钥匙插进一扇白色大门的锁眼里。

"沃尼克先生！"男孩一下子就认出了对方。

燃烧者俱乐部的首领本能地举起手里的雨伞，对准了杰森，随时准备开火似的。

"是我！"杰森从拐角处走了出来，双手举过头顶。

沃尼克这才放下了雨伞，杰森惊魂未定地走了过去。

"我还以为又是一只那种奇怪的畜生呢……"沃尼克一边说着，一边徒劳地拍打着门锁，"该死……"

"让我来试一下，"杰森说道，"您帮我看一下四周……"

钥匙似乎在锁孔里被什么东西卡住了，大雨让所有的东西都变得十分湿滑，在尝试了几下之后，杰森终于得以转动钥匙打开了门锁，在轻轻推开房门之后，两人进入了屋子里。在距离门口不远的地方，他们找到了一个开关，并且打开了一盏昏暗的吊灯。房间的墙壁上挂满了各种证书，杰森扫了一眼，看到了其中的一部分：1974年金鹿角奖、猎熊大奖、标本制作大师证书……

"这到底是哪里？"男孩问道。

"这里是斯特拉女士丈夫的工作室，"沃尼克简单地回答说，"我们得找些能帮得上忙的工具……"

"帮得上忙？"

燃烧者俱乐部的首领查看了一下白色房门是否已经关好，然后拍了拍身上的雨水，穿过前厅继续向里走去，走了几步之后，他停在了一部有着黑色听筒的电话机前。

"帮得上忙的东西……比如这个……"他说道。

他拿起了听筒，拨出了一长串电话号码，每拨一个数字，都要等转盘回到零位之后再拨下一个。男人将听筒凑近耳朵，等了一会儿，然后有些不耐烦地放了下来。

"不出所料！占线中！一旦有别人来付账单，这些家伙就会通过煲

电话粥来消磨时光，哪怕是在凌晨四点！这件事一旦有了个结果，我回去之后第一件事就是让这些燃烧者们统统去见鬼，还有这个该死的紧急号码！"

玛拉留斯·沃尼克怒气冲冲地走进了下一个房间，杰森也紧随其后。

两人在墙壁的架子上看到了一些动物标本：有孔雀，灰蝙蝠和一头羚羊。柜子里放满了用来制作标本的工具：剪刀、钳子、标尺、肥皂盒、各种各样的罐子、棉花、溶液、胶水、塑料膜、锯子、铁丝，彩色玻璃球以及填充用的羽绒球。

"这里没有……"沃尼克四周环视了一圈之后说道。

在另一个房间里距离房子后门不远的地方，墙上挂着上百只昆虫标本，栩栩如生：那些金龟子的背壳上似乎还保留着金属般的光泽，而飞蛾标本的身上仿佛仍然覆盖着一层花粉。

杰森驻足盯着这些昆虫标本看了一会儿，而沃尼克则直接进入了工作室的最后一个房间。

"找到了！"燃烧者首领满意地说道。

天花板上洒下的昏暗光线，让沃尼克在墙壁上留下了一条长长的身影，他在一个柜子的抽屉前蹲下了身子，抽屉里并排摆放着几把猎枪：一把手工上膛的"雀鹰"猎枪和一把"贝雷塔"半自动手枪。燃烧者头目从抽屉里取出了一个盒子，对着光线看了一眼上面写着的文字，说道："SOPHOR 45，这家伙能让一头大象睡着，拿着！"他将催眠子弹递给了杰森，男孩有些不知所措地接过了盒子，不过他的视线始终都没有离开过房间的一个角落。

与此同时，沃尼克取出了两把手枪，将一把背在了自己的身上，并将另一把也递给了杰森。

"好了，我们可以走了。嘿！你是怎么了？从来也没有拿过枪吗？"

杰森仍然没有回答他。

"你到底在发什么呆？"燃烧者首领有些焦急地催促道。

杰森抬起枪管，指了指距离他们不远的墙上。

男子这才转头望去，说道："你看到什么了？啊，那个！那个是……是……"

剩下的话却始终都没有说出来。

"沃尼克先生，您觉得这是什么？"杰森轻声问道。

"这个……看上去有些吓人……让人挺印象深刻的，不过我想……这个应该是手工做的……一个玩偶之类的东西吧……"

"但如果它是真的呢？"

"如果真的如你所说的话……"沃尼克咽了口唾沫，继续说，"……那就意味着有人来拜托斯特拉女士的丈夫制作一个……怎么说呢……龙的标本？"

"一条真正的龙……"杰森自言自语说，"到底哪里能够找得到呢？它又是怎么被捕获的呢？"

"现在可不是去探究这些的时候，你觉得呢？"

沃尼克打开手上那支猎枪的弹夹，并装上了两发子弹，伴随着清脆的咔嗒声，他重新关上了弹夹。

正在此时，屋子的正门外传来了指甲在门上抓挠的声音，然后是一阵窸窸窣窣的脚步声。

"嘘……"沃尼克迅速关上了所有的灯。

从白色房门下的门缝里传来了沉重的呼吸声，仿佛有什么东西想要从那里钻进来一样。

"我想它们可能已经找到我们了……"沃尼克抬起猎枪指了指门口说。

　　杰森学着燃烧者首领的样子也给自己的手枪装上了子弹。一条龙的标本？自己怎么之前都没有发现呢？如果那样的话，就可以有足够的时间去了解这种传奇动物的来龙去脉了。

　　伴随着一声巨响，房门被一记重击撞得有些变形了。

　　"来了……"沃尼克低声说道，"要是你不介意的话，我们给他们一点颜色瞧瞧。"

　　"完全赞同您的话，沃尼克先生……"杰森附和道。

　　两人手拿着枪，弯着腰慢慢躲到了电话机的后面。沃尼克看了一眼男孩，拿起听筒重新拨了一串号码。

　　"通了！"他将听筒放到了耳边。

　　当电话铃声响到第二下的时候，房门"砰"的一声被撞成了碎片。

第七章

援军出发

"很好，看来有两种可能性……"卷毛对着黄毛说。

"什么？"

"第一种是我们的老大喝多了，脑子不太清醒……"

"那第二种呢？"

"一帮猴子把我们老大给困在了一家店里，店主是一个制作过龙的标本的猎人。"

"看来单就这个标本的事情就值得我们专程再跑一趟了。"黄毛从沙发上站了起来，看着窗外的弗洛格诺巷，太阳刚露出了一点点光线，街边的路灯仍然亮着，"你刚才睡觉了吗？"

"从两点睡到三点，"哥哥随口说道，同时在吧台里寻找着能够喝的

东西，大约几秒钟之后，只听见那里传来了一声闷响，"啊！我告诉过你多少次了，在放进冰箱之前不要摇晃那些罐头？"

黄毛双手背在身后，眼睛盯着窗外的路灯，看着被灯光吸引过去的小飞虫。"要是我没有记错的话，那个罐子我至少已经有两个星期没有碰过了，也就是我们上次回来的时候。"他接过哥哥递来的饮料喝了一口，然后问道，"那我们现在应该怎么做呢？"

"我怎么知道！一群猴子！居然有这种事情！"

"听上去也不是那么让人吃惊，要是我没有记错的话，我们在威尼斯的同事也碰到过和猴子有关的麻烦。"

卷毛疑惑地看了他一眼，黄毛继续说道："你还记得艾克是怎么说的吗？他说当时被他抓住的托马索是被一群猴子给救走的。"

两人一口气将剩下的饮料全部喝完。

"你的意思是说，出于某种我们不知道的原因，这些猴子在跟我们过不去？"

黄毛若有所思地摇了摇头。"确实如你所说，这事情很奇怪……"他嘀咕着说。

"我觉得我们得打一个电话给其他人。"

"我也同意。"

"你来打还是我来打？"

黄毛直接拨出了号码，一边对着镜子查看自己的黑眼圈，边说道："等这事情结束之后，我得去休假一趟，至少十天！我要去做 SPA，可以在巴特，也可以是巴登巴登，或者是意大利也不错！"

"喂？"电话的另一头传来了一个声音。

"皮雷斯？我吵醒你了吗？"

"先生？哦，不，没关系的，我醒着，正好在整理一些文件，是

关于我们昨天晚上找到的那个黑色船帆的内容，还有一些是关于那位德·布里格斯女士的信息，非常有意思。"

"关于这个你可以晚些告诉我们，皮雷斯，现在有比那位德·布里格斯女士和黑色船帆更紧急的事情。我们刚刚接到了一个沃尼克打来的紧急电话。"

"您说的是老板还是他的姐姐？"

"是老板。"黄毛解释道。

电话的另一头，这位燃烧者俱乐部的老管家如释重负地吁了口气。

"先别急着放松，皮雷斯，现在需要紧急召集所有人，任务'阿尔法，阿尔法'，说明：'2012年12月'，世界末日已经临近。"

"好的，先生，我也需要通知布鲁姆小姐吗？"

"你知道怎么联系她吗？"

"昨天晚上她父亲来接她的时候，女孩把手机号码留给了我，并且让我一旦有任何消息就要及时通知她，先生。"

黄毛微微一笑，说："既然是这样的话，就通知她吧，告诉她我们所有人正准备出发去基穆尔科夫，二十分钟后在总部门口见。"

"好的，先生，马上去办。"

黄毛挂上了电话。"我很欣赏这个男人。"他发现镜子中的自己头上忽然多了一撮白发。

"你在说谁？"卷毛这时已经换好了衣服。

"当然是皮雷斯，"黄毛来到了衣柜前，说道，"哪怕你告诉他再过半个小时陨石就要砸下来了，他也一样可以淡定地问你茶里要放一勺糖还是两勺。"

第八章

黑色通行证

签证申请处看上去如同是一间艺术工作室一样，墙上装着不少明亮的射灯并用帷幔做装饰，在两人面前的地板是用浅色木头铺成的，两侧摆放着不少石膏半身像。在看到了这些雕像之后，小弗林特立刻联想到了自己曾经在一次学校旅行时参观过的一家历史文物博物馆，说实话他对这些东西半点兴趣都没有。

走了一段之后，从一个厚重的帷幔后面突然走出来一个发型凌乱，身穿紫色丝绒服装的瘦高个，脸上涂满了白粉，化着浓浓的眼妆。"太……神……奇……了！"他用颤抖的声音感叹道。

"哦，天哪，"小弗林特自言自语说，"又是一个疯子。"

而他身边的内斯特则一言不发。

"你们过来吧！"那个奇怪的人对着他们说道，"这边请！"

"虽然看上去有些古怪，倒是挺客气的。"老园丁说着一瘸一拐地走向了帷幔。

在另一边，两人面对着一台复杂的机器，看上去像是在摄影馆里一样。瘦高个摆弄着一些挂在铁臂上的玻璃镜片，而那些铁臂则安装在天花板上的架子上，并通过塔状的传送带和管子与地面上的设备相连，设备上装满了阀门、钩子和其他各种零件。

"来吧，请坐！这里由我来为你们服务！"紫衣男子有些口齿含糊地说道，然后他看了一眼内斯特，又看了一眼镜片，做了最后几次调整，然后长吁了一口气。"很高兴认识你们，我叫杰纳瑞。"他自我介绍说，然后伸手向内斯特，当他微笑的时候，露出了两颗显眼的大兔牙，"我主要负责通向黑暗之港的通行证。"

内斯特很自然地伸出手和对方握了握手，说："我们一共是两个人。"

杰纳瑞看着小弗林特问道："他也要吗？"

"是的。"内斯特毫不犹豫地回答说，"我们自己想办法解决那些分配亚丽安娜线的小姐们的问题。"

"很好！"杰纳瑞看上去十分满意这个回答，"要知道我还从来都没有为这么小的孩子准备过黑暗通行文件，真是太神奇了！"

小男孩晃了晃身体，努力克制住想要给他脸上来一拳的冲动。

"如果您不介意的话，"内斯特继续说道，"我们有些赶时间……"

"当然！不过你们需要一张美美的照片！"对方回答说，"请跟我来！这边，在这些镜片的中间，就在正中间，从您开始吗？"

内斯特看了一眼四周，点了点头。

"非常非常好。"杰纳瑞说着打开了一个抽屉，从里面取出了一枚金币并将其塞进了机器里。

"我应该怎么做？"内斯特看到四周的镜片开始移动起来，于是问道。

"什么都不用做……您喜欢哪一侧？"

老园丁看了一眼正在运作的机器，疑惑地问道："您说什么？"

"我是问您更喜欢您的左侧脸部还是右侧脸部？"

"我想这对我来说……没有什么区别。"

"那就右侧吧。"杰纳瑞拉动了一根拉杆，然后检查了一下机器上的指示灯，并关上了部分阀门，然后说，"好了！请尽量保持不动！"

接着杰纳瑞向后退了两步，同时机器开始呼哧呼哧地工作起来，气泵不断地向软管里吹气，四周的镜片绕着内斯特慢慢移动。

整个过程持续了一分钟左右。

"搞定了……"杰纳瑞说道，"现在您可以离开那里了，系统会为您选择一位英雄并打印在硬币的另一面……"

老园丁皱了皱眉头问："您说选择什么？"

"一位英雄！"工作人员说着拉动了一根粗大的拉杆。

天花板上的灯光突然打开，照亮了那些石膏像，同时这些石像开始随着传送带移动起来，经过一些看上去和刚才扫描了内斯特人像相似的镜片，每一个石膏像都会在镜片前停下几秒，然后再移开。

"请问……这个英雄有什么用吗？"老园丁不解地问道。

"哦，一旦你们离开黑暗之港，他就会成为你们最大的敌人，并开始追捕你们……当然，如果你们能够顺利从那里出来的话。"

"他会……追捕我们？"

"是的，他会追捕你们，挑战你们，甚至杀死你们……

当然这是一件很顺理成章的事情！"杰纳瑞再次露出他那两只如同兔子一样的大门牙笑了起来，"你们该不会认为在签了所有的文件得到了往返黑暗之港的资格，并且成为了大反派之后，其他的虚幻之地还

会张开双臂欢迎你们吧？为了维持平衡，议会决定每批准一个'反派人物'，都会指定一位英雄来对抗他！"

"也就是说……"小弗林特有些激动地说道，"我们现在已经变成'坏人'了？这太荒唐了！"

那些石像仍然在转动着，直到有一尊在镜片前停了很长时间，然后被两个夹子挡住了去路。这时机器发出一阵声响，同时火星四溅。杰纳瑞将手伸进了机器的一条缝隙中，如同取照片一样地拿出了一枚热腾腾的硬币递给了内斯特。硬币上刻着两个头像：一个是内斯特的，另一个看上去像是一位年轻人，头戴着一顶帽子，看上去如同是一位十七世纪的非洲探险家的模样。

"所以说，这个家伙……会来追捕我？"老园丁有些不自在地问道。

"是的，用他自己的方式，所有的英雄都有自己独有的行动方式。"

"我可以知道他叫什么名字吗？"

"这我没法告诉您，很抱歉，我主要负责的是坏人通向黑暗之港的通行证，英雄的事情不归我管，不过我知道有一个办公室……"

"算了！"内斯特一下子打断了他的话。

杰纳瑞搓着双手说道："好的，尤利西斯先生，既然是这样的话，我就祝您在黑暗之港的旅途中一切顺利了，您可以在那里做任何坏事的。"

"哇！"小弗林特惊叹道，"看来您好像真的变成一个坏人了！"

内斯特瞪了他一眼，说："轮到你了，小鬼！"

"我要用我的左脸！"小男孩喊道。变成坏人，然后进入黑暗之港，这一切听上去让他感到有些莫名的兴奋。

当杰纳瑞调整镜片高度的时候，内斯特绕着那些石像转了一圈：其中有些石像上被附上了象征着荣誉的铜牌。他认出了其中的一部分：被小人国居民围绕着的莱缪尔·格列佛，头戴着一顶翅膀帽子的约翰·曼

德维尔爵士，歌门鬼城里脚踩着皇冠的泰塔斯，手持着圣剑杜兰达尔的侠客罗兰以及跨坐在一枚炮弹上的敏希豪生男爵*。

"该死……"过了一会儿，小弗林特在收到了金币后有些吃惊地喊道，"我抽到了一位女士！"

内斯特看了一眼男孩递过来的硬币，说了一句："算你运气好，她长得还挺漂亮！"

大约几分钟之后，内斯特和小弗林特出现在了幻影迷宫的过道里，老园丁的手里拿着一个线卷，里面不停有黑色的线拉出来，看上去像是无穷无尽一样，每当抵达交叉路口的时候，内斯特都能够感觉到手里的线似乎被什么东西用力拉动似的，来为他指明方向。两人穿过了无数个大大小小的房间，又经过了许多宽窄不一的通道，伴随着各种奇怪的喊声和神秘的音乐，有些地方生长着巨大的白色蘑菇，有些房间里装满了大大小小的镜子，还有些房间的顶上悬挂着各式各样的面具，两人的耳边时而传来昆虫的嗡嗡声，时而传来锐器的摩擦声。两人跟随着黑线的指引越走越远，幻影迷宫中的金色光芒开始变得越来越暗淡。

最后，他们的面前出现了一扇巨大的铁门，铁门的栅栏顶端看上去十分尖锐，让人感到不寒而栗，透过栅栏，铁门的另一侧一片漆黑，什么都无法分辨。

"我想我们应该已经到了。"内斯特低沉地说道。

小弗林特用力推了推铁门，意外地发现门并没有他想象中的那么沉重，伴随着一声尖锐的"吱呀"，铁门刚好打开了能够让两人进入的空隙。

"只要认识路，要进入黑暗之港好像也没有想象中的那么困难……"

---

* 《吹牛大王历险记》的主人公。

园丁一边说着，手上感受到了来自亚丽安娜线的拉力，同时他也摸到了线的另一端，果然如他所料，亚丽安娜线是被算好了分配的。"一旦过去之后，如果再想回头的话，"他说道，"我们将会永远迷失在幻影迷宫之中……"

"那现在怎么办？"小弗林特有些不安地瞥了一眼铁门的另一侧，似乎听见从远处传来了海浪的回声。

"事已至此，我们就做一次坏人吧。"内斯特紧紧拽住自己的那枚金币说道。

杰纳瑞

　　他是我命运的摄影师，他是一位金币的铸造者，依靠那台神奇的机器，他将我的命运和史宾西永远联系到了一起。这一切究竟是谁来决定的？

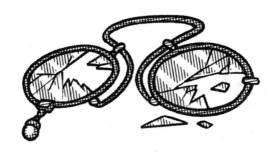

第九章
苏醒

他到底是否还活着?

他自己也不是很确定。

此时此刻,他的脑子里一片空白。

瑞克·班纳双眼睁开,等了很久,才意识到自己的眼睛睁着。他根本无法分辨周围的一切,看不见自己的鞋尖,也不知道自己的手臂到底在什么位置。不过当他试图让身体动一下的时候,却能够感受到来自全身的疼痛感。是的,他还活着。

渐渐地,他适应了四周黑暗的环境,也感知到了自己的双手。

他尝试着动了动自己的手指……不过他只是感觉到自己的手指在动,却无法看见它们到底是否真的在动。

男孩被卡在了一堆杂物之中：橡胶垫、金属零件、天线、按钮和操纵杆，他先是抽出了一条手臂，然后是另一条，随后他盯着自己的双手看着，有些不知所措。自己的双手明明已经在这里了，那么那只从橡胶垫下面伸出来的手又是谁的呢？

他轻轻地碰了碰那只手，只见那只手如同触电一般将他紧紧抓住。

"放开我！"瑞克挣扎着扭动了几下身体，一屁股坐在了地上，男孩看了看四周，他身处在一片十分狭小的空间里，内侧的墙壁上都包裹着一些缓冲的材料，看上去像是一个……小房间。

啊，对了！他现在应该正在彼得·德多路士发明的那个蜘蛛潜艇的肚子里！男孩这才开始一点点地回忆起来：威尼斯，潟湖，然后……他们从那个瀑布上一跃而下，跳进了万丈深渊……

刚才抓住他的那只手又动了一下，手的主人被困在了各种各样的零件，拉杆，齿轮和橡胶之间，此时看上去想要从那里出来。

"彼得！"瑞克马上靠了过去。男孩行动起来不是很方便，不仅仅是因为他刚苏醒过来，还因为在跳下那个瀑布之前，发明家给了他一件鼓鼓囊囊的救生衣，"是你在下面吗？"

从那堆杂物的下面传来了一声呻吟，瑞克二话不说，立刻开始帮忙清理覆盖在上面的那些杂物，慢慢地，他终于看见了基穆尔科夫发明家的身影。

"你还好吗？"当男孩将他从下面挖出来之后问道。

"不是很好，我觉得不是很好……"彼得·德多路士摸了摸鼻子上剩下的那枚镜片和已经变形了的镜框，嗅了嗅空气中的味道，然后坐了下来，"你呢？"

瑞了伸手向后拉了拉自己的身体说："我整个人都像是散架了一样。"

"虽然散架了，但是我们都活了下来！"发明家看上去有些疲惫地

笑了笑，随即重新坐到了蜘蛛潜艇的控制台前。

他的双手熟练地在操作器上游走着，按下了不同的按钮，并拉动了一些拉杆。伴随着一阵刺耳的摩擦声，蜘蛛潜艇重新开始移动起来，两人听见外面的石头相互碰撞的声音。

"嗯，哦……"彼得自言自语说，"潜艇的装甲受损严重，一条腿已经彻底报废了。"

然后他又按了一些按钮，并拉了几根拉杆。

在尝试了几次之后，潜艇突然向一侧倾斜了起来，瑞了一个猝不及防，脑袋碰到了墙壁上。"哇！"他喊道，"你动作慢一点！"

"对不起……我在检查受损的情况，看上去比预计的要好一些。"

红发男孩希望能够找一个坐的地方，不过彼得在设计这款潜艇的时候原本只给驾驶者自己留了作为，因此瑞克无论坐在什么地方，都能够感受到墙上或是地上凸出的齿轮、拉杆或是按钮，很难想象在前一天的时候居然有三个人一起挤在这艘潜艇里：他、彼得还有托马索……

在想到了被留在卡波特之家生死未卜的托马索之后，男孩的心突然感到像是被什么东西揪了起来一样。他和托马索来到威尼斯原本是为了寻找老园丁突然失踪的线索，两人先后走访了泊涅罗珀之家，扎冯杂货店，彼得·德多路士的工作室以及有着通向阿尔戈山庄时光之门的卡波特之家。

瑞克最后一次见到托马索也正是在他们逃离卡波特之家的时候，男孩有些担心地动了动嘴唇。

"不知道他现在怎么样了？"他突然大声问道。

"你说的是那个威尼斯小伙子？"彼得确认说，"在那幢楼倒塌之前我看到他跑出来了……他一定可以自己搞定的，相信我……"发明家一边说着，一边手里并没有停下对于潜艇的操作。"现在还不是担心他的时候……"

他接着说道，"还是先想想我们自己吧，现在的情况可不太妙……"

瑞克回想起了在潟湖上的那一幕场景，两人被驾驶着贡多拉船的秘密警察一路追捕，那些警察自从在面具岛上被戏弄之后已经跟踪彼得很久了，然后他又想到了在潟湖的最后一段地方，地势突然升高，随后立刻出现了一道深不见底的瀑布，彼得在落下去之前拉动了最后一根拉杆，并且大喊道："抓紧！"

不过在蜘蛛潜艇的肚子里似乎并没有可以用来抓住的把手。

"我们可能得找个地方修理一下这艘潜艇，"发明家抓住了一个把手，然后开始慢慢转动起来，"看看这样是否能够打开……"

在一阵金属的碰撞声之后，潜艇前端的金属防护罩脱落下来。

彼得吸了口气，按下了另一个按钮，潜艇内突然响起了一阵嗡嗡声，同时在外部的前端，一盏大灯照亮了前方的一小块区域。

"哦。"瑞克这才这才意识到他们身处在哪里。

这个地方他曾经来过：一条狭长漆黑的深渊中，一侧是一道高耸的黑色石壁，另一侧是一道蜿蜒曲折的高墙，从黑色石壁上不断有水滴流下来，汇入了一条小河之中。

"幻影迷宫！"彼得·德多路士得意地说道。

红发男孩有些难以置信地看着他问道："你是怎么知道从那道瀑布那里跳下来……我们会来到这里的？"

"哦，其实我也没有那么确定！"彼得平静地回答说，然后他打开了潜艇的顶盖，"你可以过来一起帮一下忙吗？"

一个人轻轻拍打着他，不停说道："你还好吗？能听见我说话吗？你还好吗？"

托马索·拉涅利·斯特拉姆比慢慢睁开了眼睛，随后一下子跳了

起来。

"哦，你总算是醒了！"老者欣慰地说。

托马索看了看四周：他此时正身处在一个弥漫着油墨气味的小房间里。男孩努力回忆着，到底发生了什么？那些秘密警察当时正在抓他，而那幢房子突然倒塌，好像他被砸到了一下，然后……然后他就什么都不记得了。

有一点是可以确定的，那就是他人还在威尼斯，不过具体在哪里呢？还有，他身边的那个人是谁？他抬头看了一眼，很快认出了对方。几个小时之前，他和瑞克才去过那人的店里，然后被赶了出来。"您是那个杂货店的老板！"他喊道。

老扎冯冲着他微微一笑，脸上的皱纹更加明显了："欢迎回来！"

"我怎么会在这里？"

扎冯指了指一扇小窗户的外面说："我在他们找到你之前把你带来了……"

托马索在地上坐了起来，想要弄清楚事情的来龙去脉。"是您……把我带来的？"他重复了一遍说。

"这可不是件容易的事，小伙子，要知道对我这样的一个老头来说，你重得像一块大石头。你要喝水吗？"

托马索点了点头，然后贪婪地一饮而尽。扎冯告诉他说在他们来访了之后，自己很快便去通知了彼得·德多路士。对于将他们赶出来的事情，其实自己的内心还是感到非常过意不去的，因此一直希望能够有机会向他们说明情况并请求原谅。

而碰巧自己跟着德多路士去卡波特之家的时候又碰上了房子倒塌的事情。

"我看到你在房子倒下的前一刻跑了出来……"老人解释道，"然后

就晕倒在离我不远的地方，然后我还看见了那些秘密警察，于是我毫不犹豫地就把你救了下来。"

托马索看上去还是有些迷迷糊糊。"谢谢。"他一边将手里的杯子递了回去，同时回想起了刚才房子倒塌时的情形，"时光之门！糟了，该不会被弄坏了吧！"

老扎冯坐在了一张凳子上，笑了笑说："时光之门……是啊……我就猜到那些人要找的东西就是这个。不久之前，有一个乘坐着一艘黑帆帆船的男人来到了这里，并且告诉了他们关于时光之门的存在，从那时起，他们就开始疯狂地挨家挨户寻找这个东西。"

托马索点了点头：他回想起了曾经和瑞克一起见到过这些秘密警察从卡勒家将彼得·德多路士的机器拆掉然后搬走的事情。

"在这座城市里行动一定要小心，他们的耳目到处都是。"扎冯低声说，"他们正在疯狂地寻找彼得，和那些你所说的门。"

托马索一言不发，只是静静地听着。

"不但如此，只要和时光之门有一点点关系的人，他们都不会放过，只要有人提到过尤利西斯·摩尔的名字，都会被他们抓去盘问。"

"那您认识他吗？"

"当然！"扎冯喊道，"他会定期来我这里拿笔记本，不但是他，还有伦纳德和彼得……要知道，他们可是一群很识货的顾客！"老人突然有些沮丧地说，"迟早那些坏蛋们也会找到这个地方……这只是一个时间问题，我的年纪大了，没办法再东躲西藏了。"

托马索站了起来，在房间里来回走动，思考着对策。

"恐怕我们能留在这里的时间不多了，"扎冯补充说，"我们得赶紧离开这里。"

"离开这里？"托马索突然停下了脚步，"您想去哪里？"

　　扎冯疲惫地从凳子上站起身来。"你才是那个穿越时光之门的旅行者，"他嘀咕着说，"我说得对吗？"

　　托马索盯着他看了一会儿，自己刚才怎么没有想到呢？友爱巷的那扇时光之门应该还处在打开的状态，应该还可以允许通过两个人回到基穆尔科夫。他完全可以带上眼前的这位老人一起回去。

　　不过他还是不太放心。因为从理论上来说扎冯也有可能是和赛纳伯爵有关系的人，是敌是友都有可能。万一这一切只是一个骗局，为了从他那里套出另一扇时光之门的位置呢？

　　"我还有一样东西要给你看一下……"老者似乎是看穿了男孩的想法一样，他走到了店铺的，然后打开门，放进来了一只动物。

　　"小毛球！"托马索兴奋地大喊道，与此同时，小狮子则直接跳到了男孩的身上，开始不停地蹭了起来。这些天来，这个小家伙一路都跟着他，从黄金国的热带丛林到基穆尔科夫，然后又来到了威尼斯，"你在这里啊！"

　　"它一直在等你，既不离开，也不吃东西……"扎冯轻声说，"为了避免它和我家的那些猫打架，我把猫全都赶进了房间里。"

　　托马索终于露出了久违的微笑，开始和小狮子嬉戏起来："慢一点！没错，是我！你想我了对吧？我也想你了！"

　　"你和动物之间有着非常强的缘分……"扎冯看着男孩说道，"要知道这可是一种十分宝贵的天赋……"

　　"您也这么觉得？"

　　老人点了点头说："动物会凭借自己的本能来判断哪些人是可以相信的……"

　　"这倒是真的。"托马索点着头说道，身边的小狮子正在不停地抓着他的裤子。

　　扎冯走近小狮子，对着它伸出了手掌，而小毛球犹豫了一下之后，走上前去嗅了嗅："小伙子，你和我在某些地方十分相似，我在第一次见到它跟着你的时候就知道了，而且不仅仅是它。"

　　"什么意思？"托马索不解地问道，"难道还有其他东西跟着我？"

　　扎冯盯着男孩的双眼说道："一只猴子，它在商店的屋顶上待了有一阵子了，一直在关注着我的一举一动，好像在等着什么似的。我不清楚它到底是帮助我们的还是帮助我们敌人的，你知道这件事吗？"

　　托马索很快就联想到了那些将他从燃烧者手中救出来，并将他带到了彼得·德多路士的机械船上然后抵达基穆尔科夫的那些猴子。

　　"我想……可能应该是我们的朋友吧。"他嘀咕着。

　　"我也这么觉得。"扎冯的双手撑在了自己的膝盖上说，"我也是这么想的……"

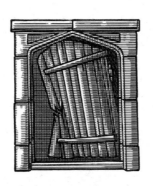

第十章
囚禁的动物

基穆尔科夫的居民们并没有多问什么，直接按照茉莉娅的指示向前走去。

他们进入了学校，然后穿过办公室外的通道，在校长室边向右转，来到了杂物室。

在杂物室里有着一条向下去的通道，里面的灯光照亮了墙上刻着的说明：

小心下楼，本通道仅供紧急情况下使用，请排队前进并遵守秩序。

基穆尔科夫的村民中没有人抱怨也没有人反对，相互扶持着慢慢走

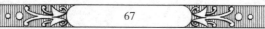

进了避难通道，一切看上去像是一件再普通不过的事情一样，当小镇上已经炮火横飞的时候这里仍然井井有条。偶尔会有人好奇地问上一句：确定是从这里下去吗？他们的房子现在怎么样了？不过，遇到这种情况，一般只要一两枚炮弹，就能够让这些声音消失，必要的时候，一些老人也会站出来打消他们的顾虑。

在整个过程中，年迈的村民们担起了更多的责任：他们有人在前面带路，有人帮忙寻找着众人的亲朋好友，一切就像是经过排练的剧本一样。茱莉娅听到其中有人说过类似于这样的对话："你还记得当时演习的情形吗？"

"怎么不记得！我们还比赛过谁的速度更快呢！"

"这都过去多少年了？二十年？"

"哦，老伙计！不止二十年！那个时候在山崖上还住着摩尔家族的人哪！"

一边帮助着村民们进入通道，茱莉娅了解到在二十世纪七十年代的时候，所有的村民们都被告知了避险通道的存在，并且做过避难演习。当时的组织者告诉他们说这些通道是为了应对可能出现的第三次世界大战的核战争而准备的。

"茱莉娅！茱莉娅·科文德！"突然人群中有一个人喊了她的名字。

女孩立刻从自己的思绪中回过神来，这才发现自己已经和瑞克的妈妈面对面了："帕特里夏女士！"

女士走出了队伍，紧紧抱住了女孩，在短暂的相互寒暄之后，帕特里夏·班纳女士不出所料地问道："瑞克在这里吗？他有没有和你在一起？"

茱莉娅稍微犹豫了一下，现在还不是时候告诉她所有的真相。瑞克已经出发去寻找尤利西斯·摩尔了，现在位于距离他们几千公里，三百年前的地方。于是她随后说道："我刚才看见他了，他好像和菲尼克斯

神父在一起。"

班纳女士毫不犹豫地相信了她，而这也让女孩的心里感到有些不好受。

"你跟我们一起下去吗？"

"我一会儿就来。"茱莉娅总算松了一口气，说，"我在等我的哥哥。"

"我们一定能够渡过难关的！"瑞克的妈妈紧紧握住了女孩的一只手说道，"我们从未被困难打败过！"

茱莉娅挤出一丝微笑，然后道别之后走出了学校，她停在了雨中，伸手整理了一下自己湿漉漉的头发，一种焦急和紧迫的感觉在心中油然而生。

她讨厌说谎。

她讨厌编造各种借口来安慰别人，特别是当自己已经被吓到不行却还得故作镇定的时候。

而她所喜爱的人——瑞克到现在仍然没有任何音讯。

她多希望瑞克能够在身边帮助她一起来救助这些村民，不知道他到底有没有找到内斯特，不知道他现在是否还好，不知道他会不会像自己的爸爸和妈妈一样被抓住……

泪水渐渐充满了女孩的双眼，胸中压抑着的那种绝望的感觉想要爆发却又不知道如何发泄，她很清楚，现在还不是时候，她还有很重要的事情要做，毕竟布莱克和菲尼克斯神父将这件事情拜托她来完成了。

她强忍住泪水，深吸了一口气，重新将注意力集中起来。她想到了鲍文太太和卡利普索的母亲，两人都已经上了年纪行动不便，于是女孩让菲尼克斯神父的一位助手去镇上寻找两人，并确保两人是否已经安全脱险。

当助手离开之后，女孩开始安慰那些队伍中受到惊吓的人们，并告诉他们避难的一些方法。

这时，女孩突然想起了一件事情：杰森去了哪里？他刚才说马上就会回来的，怎么连个人影都不见了？

难道他回到教堂去了？还是他也出了什么事情？

她开始紧张地咬起了指甲，这也是令她自己感到讨厌的一个习惯。

女孩走出了学校的大门，冒着越来越大的雨顺着人流向小镇走去。

"有人见到过我的哥哥吗？"她逢人就问，"一个高高的男孩，栗色的头发？我们在圣雅各布广场走散了！"

不过没有人能够回答她的问题。

最后只有花店的那位女士提供了一些线索："小姐，我在经过那里的时候听到过几声枪声，是的，我非常确定，那就是枪声！"

枪声？

女孩无法克制自己的担心，撒腿跑了起来。

"确认安全！"杰森探头查看了一下道路之后说道。

玛拉留斯·沃尼克在工作室里点上火之后，便跟着男孩走了出去。

那些猴子们之前将两人困在了房子里，不过幸运的是，不知出于何种原因，当它们见到最后那个房间里的那条龙时，全都吓跑了。这才让杰森和沃尼克先生得以有时间打开后门逃出去。

现在两人正在迅速赶往卡利普索书店门口的那个小广场，然后从那里再绕道前往学校或是教堂，两人这样做是为了避免和街道上的那些猴子碰面而发生冲突。

他们在路口的地方停了下来，然后先探头向两边张望。

"朝哪里走？"沃尼克问道，他手上的那把黑色雨伞的伞尖仍然冒着烟，而杰森手里的那支双管猎枪的枪管也是热乎乎的。

"这里！"男孩冒着大雨跑了出去。

两人跨过了几个水塘，不时地回头张望，这个场景如同是在一部恐怖片里一样：空无一人的街道，四周的房屋都是门窗紧闭，受人指使的野兽正在四处追捕镇上的居民……

"我好担心手上的猎枪走火呀。"杰森靠着墙壁喘着粗气说道。

"你还从来都没有开过枪？"

"对于我这个年纪的孩子来说这难道不正常吗？"

"可是像这样被一大群发疯的猴子追杀明显也不是一件正常的事情啊！"沃尼克用他一贯的平淡语气说道。

两人躲到了一处屋檐底下，雨水打在屋檐上发出了巨大的响声。

"其他人呢？"燃烧者俱乐部的首领检查了一下随身物品，尝试着在灰蒙蒙的大雨中分辨出些什么。

"您问的是谁，沃尼克先生？除了我们两人之外，唯一一个留在基穆尔科夫的就只有布莱克了，我不久之前刚见过他，他正赶往灯塔那里求救……至于您那边的人，他们在刚才猴子冲进来之前是怎么和您说的呢？"

玛拉留斯·沃尼克看了一眼时间说："他们正在赶来这里的路上，不过……距离到达这里还有些时间。在此之前我们至少还得抵抗三个小时。"

"这可不短……"

"最重要的是他们能够尽快赶来……"玛拉留斯·沃尼克背靠着墙壁，笑了笑说，"不然他们接下来几个月的工资就别想了……"

这时，距离他们不远的地方传来了一声碰撞声，并伴随着叫喊声，接着是一片寂静。

两人从屋檐下跳了出来。

"快点！"两人说着，向着声音传来的方向跑去。

茉莉娅的脚步渐渐放慢下来，心提到了嗓子眼，要是她的哥哥现在

出现在她面前的话，女孩有一种要掐死他的冲动。她回到了圣雅各布广场，然后转入杰森离开的那条小巷子里。基穆尔科夫小镇中心的道路在她看来都差不多，虽然数量加起来也才十条不到，但是女孩每次过来都会迷路。

"在哪边呢？"女孩环顾四周自言自语道。她跑到了一处避雨的角落里，尝试着重新整理一遍思路：哥哥当时说看到了什么可疑的东西，然后就离开了，花店的那位女士告诉她说听见了枪击声，也许这两者之间存在着某种联系……

"杰森！"女孩有些绝望地喊道，"杰森！你在哪里？"

回应她的就只有马路上的雨滴声以及房屋排水管道里的水流声。

女孩又喊了第二遍，第三遍，同时沿着小巷向前走去，希望能够寻找到些许线索。很快，她在一扇已经完全破损了的白色房门前停下了脚步。

"杰森？"女孩探头进去喊道。

屋子里一片漆黑，她慢慢走进去，摸到了墙上的开关，打开了灯……

很明显，这里刚经历过一场冲突，东西散落的到处都是，柜门大开，木桶倒在地上，一些木框和动物标本的脑袋掉落在地上……此外，地上到处都是蝴蝶的标本。一个老式电话机的听筒悬在半空，来回晃动。茉莉娅慢慢走了过去，将听筒放回了原位。

"杰森？"她鼓起勇气轻声说道，"你在这里吗？"

女孩紧贴着墙壁，向前又走了几步，经过了一个猴子的标本，探头向墙壁的拐角另一头望去，另一边的情况也差不多，到处都是蝴蝶标本，天花板上的灯时明时暗，照到了一个从一扇门里露出一部分的动物标本……

正在这时，突然一只毛茸茸的大手从背后捂住了她的嘴。

她原本以为是标本的那只猴子迅速将她向后拉去。

茱莉娅睁大了双眼，想要呼救，但是却无法发出声音。

女孩被拽倒在地，身边都是蝴蝶标本和玻璃碎片，她想要站起身来，但是却被一件重物击中了同步。

在晕过去的那一瞬间，她仿佛见到了一张猴子的脸在嘲笑着她，同时露出了几颗已经烂掉的牙齿。

第十一章
邮局的秘密

❝ 没有，我这边一个人影都没有见到！❞ 杰森说道。

"我这边也没有！也许是我们听错了！"沃尼克先生回答说。

在风雨之中，两人似乎是听到了某人的求救声，但是找了一圈之后并没有什么发现，于是只能回头继续执行自己的计划：他们穿过了喷泉广场，然后躲到了邮局的屋檐下，两人早已经浑身湿透，身上的衣服泛出水光，如同蛇皮一样。

· 他们稍作停顿休息一下。

"总算到了……"杰森说。

从大门这里可以看见远处教堂的大钟以及学校大楼的尖顶。

沃尼克来到了邮局入口处。

"我觉得门应该是关着的……"杰森看也不看就说道。在早些时候，这里一直都是由卡利普索在管理，而她的书店就在广场的对面。不过自从她突然出发旅行，随后又经历了一场大水之后，这里的钥匙就再也没人知道在哪里了。

"看来你好像说错了。"沃尼克有些惊讶地发现邮局的大门只是虚掩着。

"这怎么可能？"男孩似乎也显得有些意外，"您觉得会不会是那些猴子闯了进去？"

沃尼克用枪管轻轻拨开了大门，探头向里望去，却见不到一个人影，整座邮局看上去空无一人。

"等我一下。"燃烧者首领说道。

"您想要做什么？我们得赶紧去学校！"

不过玛拉留斯·沃尼克并没有理会杰森，而是一手拿着猎枪，一手拿着喷火雨伞走了进去。"也许斯特拉女士并不是在说疯话……"他自言自语道，"她难道已经知道了邮局是开着的？所以才会让我一定要今天将包裹投进右侧的邮箱里？"

"沃尼克先生？"杰森对于邮局看上去比较熟悉，走了过来。

他们所有的冒险都是从这里开始的。

几年前的某一天，他们以"阿尔戈山庄的主人"的名义在这里收到了一个包裹，杰森对此记得很清楚：那天阳光明媚，他，茱莉娅和瑞克三人一起打开了那个看上去平平无奇的塞满了旧报纸的鞋盒，然后在里面找到了阿尔戈山庄时光之门的四把钥匙。

基穆尔科夫的邮局非常小，也很简陋，柜台的后面放着一个邮箱，边上还有一个小房间，房间里堆放着需要派送的包裹。

沃尼克绕着柜台走了一圈，将猎枪放在了柜台上。"右边的邮箱，

右边的邮箱……"

"您到底在做什么？"男孩紧张地看着街道方向，好像那些猴子随时都会从任何一个角落蹦出来一样。

"等等！"燃烧者首领突然想起了什么，说，"如果我要寄包裹的话，好像得要先写上寄件人，然后贴上邮票……你知道这里是怎么寄邮件的吗？"

"我不知道，沃尼克先生！而且我觉得现在好像不是做这个的时候吧！"

窗外的大雨打在玻璃上，发出巨大的响声。

"是斯特拉女士拜托我的。"沃尼克一边检查着柜台，一边说。

"就算是这样，可……这个请求根本就没有意义啊！

现在这个时候根本没有人回来收取包裹，这里至少需要几天的时间才能够恢复正常，如果我们能够马上把眼前的问题解决掉的话……"

"她当时是如此淡定……"沃尼克若有所思地继续说道，"当我们听到炮击声的时候，她只是拜托我来办这件事情。"

"就算向您所说的那样，沃尼克先生，在我看来，我们这就是在浪费时间……我们得赶紧去避难所……"

"我马上就好。"

杰森一直盯着门外广场的方向。沃尼克转动了一下柜台，然后跨过了地上摆放着的几个麻袋，突然发出了一声惊叹。

"怎么了？"杰森马上问道。

沃尼克用自己的伞尖点亮了一点火焰，如同一支蜡烛一般，再查看了一遍，然后说："我敢打赌你一定不知道这个……"

"您说我不知道什么，沃尼克先生？"

"这里后面其实有两个邮箱，一个在左边，而另一个……略微小一

点，在右边，事实上如果不是仔细观察的话确实很难发现。"

左侧的邮箱里放着两个邮袋，用两个金属的架子撑开着，边上有一根传送带，用来将这些邮袋送到后面之后装车送走。

"这个是标准邮箱……"沃尼克看着左侧的邮箱说道，然后用手拉了拉右侧的邮箱，"另一个是……"

杰森此时已经不再守在门口，也来到了柜台边，想要一探究竟，伞尖那点微弱的烛光突然熄灭了一下。

有人咳嗽了两声。

当火光再次亮起的时候，玛拉留斯·沃尼克已经打开了第二个邮箱。

"而这个邮箱显然并不太一样，事实上在这里的地板上有一个窟窿，下面好像有一个滑道，可以将包裹送到……地下。"

沃尼克凑近了那个洞口向下望去，阵阵热气从那个深不见底的窟窿里吹出来，然后他取出了斯特拉女士交给他的那个盒子，将其放到了洞口，说道："大小刚刚好，我想这个滑道就是专门为这种大小的包裹制造的。"

"……然后再放些重物进去，因为一般来说太轻的包裹都比较容易丢失。"他突然想起了斯特拉女士的忠告，太轻……是为了让它能够顺利滑到底部吗？

这时杰森也将自己的猎枪放到了柜台上并探头张望。"天哪！"他吃惊地睁大了双眼。

沃尼克拿起了包裹，对着男孩问道："你觉得为什么她一定要我今天把这个东西寄掉呢？"

"她告诉您里面装了什么吗？"

"她说了，不过并不清楚，她只是提到里面是一封'申请离会和请求救援的信'。"

"请求救援……"杰森心想，"在基穆尔科夫的地底下有着秘密山洞，那里有着通往幻影迷宫的深渊，而幻影迷宫里有虚幻旅行地议会，难道说……"不知哪里传来了一声咳嗽声，杰森立刻回过神来。"您听到了吗？"他问道。

"你说什么？"

邮局外的雨越下越大。

"刚才是您咳嗽吗？"杰森继续问道。

"不是，我以为是你呢。"

一听到这话，男孩立刻抓起了柜台上的猎枪。"快给我出来，你们这些该死的猴子！"他挥动着手里的猎枪喊道。

"嗨！"一个声音回答说，"注意你的言辞，你这个小鬼！"

杰森和沃尼克相互对视了一眼，燃烧者头目也立刻抓起了猎枪，声音显然来自某个很近的地方。

"是谁在说话？"杰森紧张地问道。

"下面那个袋子。"沃尼克指着地上低声说道。

"是我。"那个袋子里的声音说道。

杰森拿着猎枪先指了指一个袋子，然后指了指另一个袋子。"快出来！"他说道。

两个袋子缓缓站了起来。

"你可别想吓到我们，科文德……"其中的一个袋子说道。

"就是，别想吓到我们。"

"虽然我们不是爱因斯坦，但我们也不是该死的猴子。"

从两个袋子里钻出了两个男孩，其中的一个身材肥胖，脸庞如同一个圆圆的月亮一样，而另一个则又高又瘦，鼻梁高挑，头发微卷。

"你们两个是谁？"玛拉留斯·沃尼克问道，同时伸出伞尖，用火

焰照亮了两人的脸，这才想起似乎前几天曾经见过他们，"哦，不是吧！又是你们？"

"你们在这里干吗？"杰森没好气地问道，"我敢打赌肯定不是什么好事……"

"我们也可以问你们相同的问题。"大弗林特双臂往胸前一叉，回答道。

"就是，"弗林特老二模仿着哥哥的动作说道，"相同的问题。"

第十二章
暴风女士

在经过了铁门另一侧的通道之后，内斯特和小弗林特又穿过了夹在两边岩石中间的一道深沟，最后两人来到了一个一望无际的高原上，这时他们才意识到，这里的头顶上是一片覆盖着云层的暗灰色天空。眼见之处，到处都是高矮不同的石柱林立，在夹缝之中，零零散散生长着一些矮小的柏树，树枝在风中抑郁地摆动着。这里没有雕像，没有标记，总之，丝毫没有一些人类的气息。

空气中有着一丝淡淡的咸味，来自于北方。

两人沿着石柱继续前行，不知道过了多久，脚下的地面变成了暗褐色的硬地，连接着大海。在海浪不停地冲刷之下，岸边的土地已经风化成了沙子。

在河岸边竖立着一些圆形的屋子，不过这些屋子并非建造在土地上，而是建造在一些巨大的底座上，同时，底座上还装着不成比例的沉重轮子，这些轮子大多已经有一半埋在了沙子里，看上去至少有好几年没有动过。每一幢屋子的上面都有个烟囱，烟囱里冒着缕缕红烟。

在这些排列并不规则的一幢幢屋子边上，有一些马匹正在来回走动，这些马匹长着长长的鬃毛，四肢看上去十分粗壮，即便像内斯特这种阅历丰富的旅行者也从未见过这种马。

两人来到了这片驻地，并没有任何人阻拦他们，甚至连人影都没有见到一个，不过从那些用木头，铁板，毛皮和其他废旧材料做成的屋子里倒是传来了各种各样的声音：有对话声，有盘子碰撞的声音，有脚走在地板上的声音。

内斯特四下张望着，寻找着应该如何继续的线索，而小弗林特则像一个小偷一样开始寻找食物，并不时回头查看，担心随时被人发现。

走了一小段之后，两人来到了沙滩上的一片平地，一些戴着瞩目金耳环，有着深色皮肤的人正在火上烤着一些动物，人群看了两人一眼，冲着他们笑了笑，露出镶金镶银的牙齿，然后继续准备着他们的食物。

脂肪烧烤之后所散发出的香味很快飘了过来，小弗林特感到自己的肚子咕咕直叫。"您知道我们现在在哪里吗？"他躲在内斯特的身后问道。

"我和你一样对这里一无所知。"老园丁直截了当地回答说。

"那您知道我们应该去哪里吗？"

对于这个问题，内斯特甚至连回答都没有回答，他走过了一个画有一个白色图案的黑色底座，来到了海边，海水看上去黑漆漆的，暗流汹涌。

来到海边之后，他才看见在水上漂着一个浮动的码头，说是码头，

其实只不过是一条用木头和动物骨头制作而成的栈道，长约二十几步的样子，码头的两侧停靠着不到五艘船，其中的一艘特别突出，它有着漂亮的外观，同时是唯一的一艘双体船。"走，"老园丁说道，"也许那些人是船夫。"

"船夫？"小弗林特跟在他的身后说道，"那他们会把我们带去哪里呢？"

这次内斯特总算回答了他："那要看我们能出得起什么价格了。"

男孩吸了口气说："您知道吗？您完全是一个疯子，偏执狂，老糊涂，而我居然还一直这么跟着您，简直就是比您更疯狂。"

"你随时都可以回去的，小伙子，可不是我让你跟过来的。"

"啊，对啊，你说得没错！我为您做了那么多，陪着您寻找您最大的敌人和您妻子的线索，您非但不感谢我……"

"够了……"老园丁喝斥道。

"不，我还没有说完！"小弗林特抓狂地喊道，"可能您从来没有想过，这一切完全有可能都是您的妻子一手安排好的。"

内斯特突然停下了脚步，小男孩终于得以追了上来。

"您终于肯承认了，其实这也是有可能的，对吧？也许她找到了一个更年轻的，更风趣的，没有那么固执的，还有……还有……您……要……干……什……么？"

内斯特伸手掐住了小弗林特的脖子，将他按在地上。"听着，你这个小鬼，"他恶狠狠地说道，"你要是再敢说一遍，我马上拧断你的脖子，虽然如你所说我是一个疯子，但是我很了解我的妻子……我也很了解史宾西。如果说他们一起来过这里，那一定是因为那个男人逼着她来的，明白了吗？"

小弗林特感到自己呼吸困难，急忙点头示意同意，内斯特这才松开

手，小男孩不停地咳嗽着，同时嘴里开始骂骂咧咧，而老园丁则自顾自地走向码头和那条双体船。

"您很了解您的妻子……是啊……没错……"小弗林特揉着自己的脖子，疲惫而又无奈地跟在阿尔戈山庄原主人的身后，"这话我都已经听您说了不知道多少遍了。"

从码头上望向那些小房子，两人发现其中一个的底座像是用象牙或是鲸鱼的脊柱雕刻而成的，卷曲起来的部分挂着一些彩色布条，做成了类似于帷幔一样的东西，这个"建筑"的四周并没有门和墙壁，而是挂着一些毛毯，中间放着一个香炉，还有一张类似于贝壳形状的床，四周挂着翡翠项链和一些银饰品，在风中发出叮叮当当的响声。

在入口外面的一块已经褪色的地毯上，一位长着一头黑色长发，戴着一个银色鼻环，身穿一袭深蓝色纱丽的女士盘腿而坐，她似乎正在吃东西：女人用手从一个大碗里抓起一把米饭，然后捏成一个个丸子形状，并将这些小饭团蘸着面前摆放着的一排酱汁放进嘴里。

女人只是自顾自地吃饭，也不和两人打招呼，直到内斯特打断了她，她这才抬起头来问道："你们是刚来的，对吗？"

老园丁搓着双手，有些尴尬地问道："我们看上去很明显吗？"

女人示意两人坐在地毯上，然后说："不是外表，是气息，你们的身上还残留着文明的气息……"

"文明的气息……当然……"内斯特附和着说，同时指了指女人的身后，"我们从高原的那个方向来，再过去就是……"

女人挥了挥手，示意不用说了："你们从哪里来并不重要，不如说说你们要去哪里吧。"

"那些船是你的吗？"内斯特指着码头的方向问道。

"只有一艘是我的，最好的那艘。"

"你能不能带我们去……"老者犹豫了一下，看了一眼深灰色的海水，然后决定换一种说法，"我们在找两个人。"

女人伸手从碗里抓了一团米饭，然后放在手心里开始揉搓，直到米饭逐渐变成了一个完美的球形。"找两个人？"她略带嘲讽地问道，"一般来说人们穷尽一生只为了寻找一个人，而且还不是所有人都能够找得到……"

女人将饭团放进了一个盛有藏红色酱汁的小碟子里蘸了蘸，然后看到小弗林特正在咽着口水。

"你的孩子好像已经很饿了。"她说道。

"他不是我的孩子。"内斯特简单地回答说。

"你有钱吗？"女人转向小男孩问道。

"我有这个！"小弗林特似乎早就准备好了答案，同时从口袋里掏出了一些从之前的荒岛上捡到的金币和宝石，"你可以把那些米饭给我吗？"

"看来你确实饿坏了……"

内斯特正准备阻止他，不过小弗林特似乎并不打算听他的：他放下了自己的钱财珠宝，端起饭碗便开始狼吞虎咽地吃了起来。

"尝一尝这些酱汁吧……"女人说道，"不过当心这个红色的……"

小弗林特正好将一团蘸有红色酱汁的米饭塞进了嘴里。

"……因为这个红色的有点辣。"

小男孩的脸迅速憋成了紫色，张大了嘴巴，跑着离开地毯，到沙滩上开始捶胸顿足……

地毯上只剩下了两个人，内斯特和这个女人相互对视了一眼。

"说说你在找的那两个人吧，"女人说道，"他们是什么时候来遗忘

沙滩的？"

"具体的时间我也不是很清楚，大概有一年了，或者两年吧？"

"这个时间有点久啊，就跟你说他们从来都没有来过一样。"

"不过他们确实来过这里。"

"什么样的两个人？"

"那个女人大概这么高，虽然上了年纪，不过还是非常美丽，她有着圆圆的眼睛，眼珠是浅色的，说话的时候很温柔，留着一头金色的直发，至少……我最后一次见到她的时候是这样的。"

"你在找的主要就是这个女人，对吗？"女人问道。

内斯特缓缓地点了点头。

"那另一个人呢？"

"是一个男性，长得更高一些，留着一头栗色的头发，不过有时候也会是黄色的，是一个吹牛大王。这里，就是这里，他耳朵这里缺少一块，虽然他至少已经有两百岁了，不过看上去年纪比那个女人小不少。"

"他是一个巫师？"

"差不多吧。"

女人摇了摇头："为什么他们会在一起旅行呢？"

"我也不知道，"内斯特无奈地说，"我猜测应该是那个男人绑架了她。"

"所以你一定也不知道他们去了哪里？哪一个黑暗之港对吗？"

"是的。"

女人笑了笑，冷酷而又淡定："你真的觉得仅仅依靠这么一点信息能够找到这两个人吗？"

"是的。"内斯特毫不犹豫地回答说。

"你可能会花上好几年的时间，因为黑暗之港有许多……"

"他有一艘船，是一艘海盗船，整个船帆都是黑色的。"

女人突然探头向前，鼻子上戴着的鼻环发出了清脆的响声："你刚才说的是一艘黑帆海盗船？"

"船的名字叫灰色玛丽号，是一艘双桅托斯卡纳帆船，在他的船员发生暴动之后，这艘船应该被藏到了某个沼泽地里了，你听说过吗？"

"也许吧，我好像有听闻过这个传说，一位指挥官被他的手下给背叛了，并被困在了遥远的某个荒岛之上……"女人低声说道，"……据说他二十年来一直都想要报仇。是这样的一个故事吗？"

内斯特听了之后打了一个寒战，点了点头说："可能是的，关于这个传说你还知道些什么呢？"

"有各种各样不同的版本……当然这很正常，装有黑色船帆的船只可不多，据我所知一共只有两艘：一艘就是你所说的灰色玛丽号，后来在某个沼泽里失去了行踪……"女人抬起头，看了一眼暗淡无光的天空，"……另一艘更加古老，据说藏在康沃尔的某个地方……"

"墨提斯号……"内斯特自言自语说道。

女人用双手捂住了自己的嘴，好像生怕说错了什么似的。"所以你到底是谁？"她的声音从指缝中传出来。

正在这时，小弗林特晃晃悠悠地从海滩边走了回来，他的嘴唇又红又肿，脸颊两侧仍然留着泪痕。"我的天哪！"他一下子躺在了地毯上大呼小叫道，然后，见到另两人安静地看着他，又问道，"我是不是错过了什么？"

"很久以前，"女人说道，海浪轻轻拍打着她的双脚，"曾经有一场战争，战争将许多国家都卷了进来，无论贫穷还是富有，参战的人数很多，却没有人记得他们的名字。最后，战争的胜者画出了一些地域，并

称其为'记忆之地'，这些记忆之地便是通过你们所说的幻影迷宫相互连接，而那些战败者们，则被囚禁在了黑暗之港里，也就是你们现在所处的区域，所有的黑暗之港都是通过这篇封闭的海洋连接的，这里的大海有着黑夜一般的颜色，天空中永远都不会出现星星来为航海者指明道路，也没有出口，就像是连接着幻影迷宫的一座无尽的监狱一样……"

小弗林特继续吃着碗里的米饭，一边听着女人的话，心里想着要不要给他们留些米饭。

而内斯特则弯着腰，蹲在女人身后几米远的地方一言不发，看上去像是对这个故事早已经有所耳闻一样。

"我们在这里就是一群被抛弃的人，没有人记得我们，没有人在乎我们，所有的黑暗之港都是禁忌之地，如同一座座监狱一样，没有人愿意去。很遗憾，作为战败的一方，这就是我们的宿命，无论是现实世界还是虚幻世界……制定规则的永远都是胜利者。不过，幸好事情并不是那么绝对，总有一些意外会出现，我们称其为'希望'，据我所知，要离开这里去到现实世界中真正的大海的话，只有一个方法……就是借助风的力量。一般情况下，这里的风可以将我们从某个黑暗之港带去另一个黑暗之港，不过有一些特殊的帆……黑色的帆……那些船帆据说是用最初的梦想家的头发编织而成，依靠这种十分罕见的船帆，人们才有可能离开这里。如果有人拥有了一艘装有这种黑色船帆的船只，那么他将能够航行在整个虚幻的世界，无论是在光明的地方，还是在黑暗的地方……"

小弗林特摇了摇头，伸手抓起了碗里最后几粒米饭。

"墨提斯号是最古老的一艘拥有黑色船帆的船只，一开始战士们驾驶着它在虚幻世界的各个地方航行，去寻找那些死于战争的战士遗骨。后来，据说那些战士在北方建立了一个小城镇，并继续使用墨提斯号到

处航行，直到最后似乎是遇到了一场事故，之后便没了消息。"

"那关于那艘灰色玛丽号有什么传闻吗？"内斯特用微微颤抖的声音问道。

"灰色玛丽号之前一直有人在使用，但是在大约五十年前突然失去了它的消息，有人说曾经在鲸鱼坟地见过它的踪影，也有人说曾经在斯芬克斯的巢穴里见过它。"

"那他们还说了些什么吗？"

"他们还说这艘船的主人回来了，并且重新开始在各地冒险，发誓要向所有曾经和他作对过的人报仇，据说他把那些人一个一个地都杀死了。"

"其实也不是所有人都死了。"内斯特有些郁闷地低声说。

"如果说灰色玛丽号留下的是一些传言的话，那么墨提斯号留下的就都是传说了，人们在提到墨提斯号的时候往往自己也不是很清楚消息的可靠性。有人说它并没有发生海难，而只是搁浅了而已，有人说这艘船被人隐藏到了陆地上，为了让它不再踏足这里的海域，还有人说这艘船仍然有人在使用，它被人藏在了一个人为挖出来的洞穴里，并且在里面灌上了来自这里的海水……用来模仿幻影迷宫和封闭海域的环境……"

女人弯下腰，用手轻轻触碰了一下深色的海水，在她的指间下，海水轻轻颤动着，如同有生命一般："当然，这些都是传说而已，有时候传说是不能全信的。"

"为什么呢？"小弗林特问道。

"因为墨提斯号是属于那些创造者的。"

"创造者？"

"是他们建造了幻影迷宫，并封闭了这里的大海，是他们建造了时

光之门，也是他们最后输掉了对自己继承人的战争。他们早已经被人们所遗忘，他们一直在等待着光芒，希望有朝一日能够重新回到真正的大海中。他们就是创造者，或者你们也可以用别的名字来称呼？发明家？建造者？神？"

女人的话在沙滩上回荡着，最后归于平静，在这里，话语也许会给人带来麻烦甚至是危险，只有沉默才能够让人苟延残喘。

内斯特想起了自己多年以来一直在寻找着这些创造者消息的经历，他们在远古时代就发明了一种将现实世界和虚幻之地连接起来的方法，仅仅是通过几扇看上去平凡无奇的木门和一些手柄上刻有不同动物的钥匙而已，不过随着自己调查的深入，整件事情的疑惑却越来越多。

"我的名字叫潘朵拉。"女人转过头来对着两人说。

"我叫艾默特·弗林特。"小男孩自我介绍说。

女人将手伸向内斯特，将其从沙滩上拉了起来。

"你想要去沼泽之地吗？"潘朵拉问道。

老园丁指着码头边的船问道："你的船速度快吗？"

潘朵拉轻轻甩了一下自己的头发说："比风还快。"

内斯特点了点头。

"不过如果你要坐我的船的话，"女人补充说，"我至少得要知道你的真名。"

内斯特凑到女人的耳朵边，对着她轻声说了些什么。

潘朵拉

我们相遇在禁地之海的沙滩边。

我还不能完全相信她,至少现在还不能。

不过令我感到意外的是,她的那艘船真的快到飞起来。

第十三章

战鼓村庄

两个人影出现在了沼泽地里，费力地拨开植物向前进，这里的藤蔓植物十分茂密，一根根藤条直接插入淤泥之中，形成了一道道天然的屏障。

伦纳德·米纳索走在前面，不停挥动着手里的那把砍刀开路，空气中飘着一股植物散发出的特有甜味，他的另一只手里拿着一根长棍，用来查看脚下的土地是否坚实。

卡利普索在他的身后距离大约四步的地方，身上绑着一根绳子，和伦纳德系在一起，以防止他突然陷入沼泽，一旦男人的脚陷入了泥土，卡利普索便会立刻停下脚步，然后靠在就近的一棵树边，直到男人把自己的脚拔出来之后换条道路继续前进。

　　每当两人在这片树木丛生的沼泽地里转弯的时候，卡利普索都会用红色的喷雾在树枝上留下记号，随着两人越来越接近沼泽的中心地带，越来越多的痛苦回忆涌上了她的脑海，当她把这些感受告诉伦纳德的时候，男人一言不发，只是更用力地挥动手上的弯刀来开路。

　　"好的，我们稍微休息一下吧。"又走了一段之后，灯塔管理员停下了脚步，将背包扔在了地上。无数白色的小飞虫栖息在树根之间的缝隙中。

　　两人所在的位置正好有一小片平地可以让他们坐下，一些小螃蟹从洞穴里钻出来，好奇地看着他们。

　　伦纳德将水壶和食物递了过去，卡利普索接过了两样东西，同时挺着背正襟危坐，提醒自己千万不要靠着树干：这里的沼泽地里随处可见各种千奇百怪的动物在树干上爬来爬去，她可不想有什么东西爬到自己的脖子上。

　　"你打算再走多久？"女人问自己的丈夫道，然后将水壶递了回去。

　　伦纳德抬头看了看，像是在辨明方向，不过由于这里的树木过于茂密，他几乎无法看见天空，头顶上的树叶像是一层厚厚的海绵一样挡住了他的视线。

　　"有好几次我都觉得已经快要到了……"他摇着头回答说，"但是结果我们还没有走出这片该死的森林……"

　　"我觉得我们需要限定一下时间。"卡利普索说道。

　　"一个小时。"伦纳德回答说，"我们再向前走一个小时，然后就回去。"

　　卡利普索有些郁闷地点了点头。如果再走一个小时的话，也就意味着他们需要往回走两个小时才能够回到森林的入口，另外还需要三个小时才能够回到船上。他们将船留在了很远的一个小海湾边上，在那里他

们第一次听到了鼓声。

正是这些鼓声令伦纳德决定冒险进入森林，这些鼓声，再加上史宾西船长的船失踪的消息。

伦纳德原本打算自己一个人过来的，不过卡利普索坚持要一起来。"夫妻两人同甘共苦。"妻子如是说，这句话也正是两人结婚的时候伦纳德将她带到灯塔之后对她说的话。

在两人一起的这些年里，伦纳德将所有的事情都告诉了自己的妻子，包括自己是什么样的人，自己在过去旅行中的所见所闻，以及自己的眼睛是在与那艘失踪了的船只的船长交手时失去的故事。

卡利普索用一种最自然的方式发现了伦纳德所不为人知的一面，正如一个普通妻子所做的那样，每当伦纳德告诉她一段过去的时候，对于卡利普索来说，就如同是在脑海里又多了一块拼图，虽然其中的一部分她之前已经知道了。

在和伦纳德结婚的很久之前，卡利普索曾经答应过自己一件事情，这个承诺如同一个保险箱一样，里面存放着一个小小的秘密，又或许这个秘密也并不像想象中的那么小，总之，书店管理员一直都忠诚地守护着自己的承诺。这件事情她当然没有对丈夫提起过，甚至连旁敲侧击都没有过。如果她的丈夫直接问她的话，她相信自己一定会如实告知的，不过，也就只有这种情况下她才会说出真相，不然的话，她就会像往常一样，做一个聆听者，倾听伦纳德讲述关于梦想之地，黑色船帆以及时光之门建造者们的故事……

多年之后的此时此刻，在这片孤立于时间和距离之外的沼泽之地，卡利普索问自己是否还要就自己所知道的那一点点秘密保持沉默。如果说出来的话会不会对伦纳德有所帮助？亦或只是徒添麻烦？

她自己也不知道，而且这一天她也没有去思考这件事情的余裕。

带着节奏感的鼓点重新在森林里响了起来。

听上去就在距离他们不远的地方，不知道是从哪里冒出来的，另外还有一些嘈杂的喊叫声伴随着鼓声一起传来。

"我们走。"伦纳德站起身来说道。

"是的。"卡利普索心想，"我们走。"

过了一会儿之后，两人看到了星星点点的火光出现在了森林的深处，接着闻到了一股烟味，并且伴随着木柴和食物的香味。鼓声此时已经响到震耳欲聋，在沼泽潮湿静止的空气中令人感到透不过气来。

伦纳德和卡利普索继续小心翼翼地前进，同时祈祷自己不要让守卫发现并通知同伴。

这里的地势开始渐渐升高，原本的沙地以及泥泞地慢慢变成了坚实的土地和岩石，同时原来沼泽地里的那些植物也被一棵棵有着白色树干的不知名树木所替代。地面的岩石上长满了苔藓，眼前的蕨类植物很快从一株变成了一片密密麻麻的丛林。

最后，两人终于来到了这片高地的顶端，这里有着一块天然的洼地，周围环绕着各种岩石和树木，在中间有一片小村庄。

刚才透过树丛见到的一点火光从这里看过去十分明亮，卡利普索拿了一块手帕遮住自己的鼻子，以防止吸入太多浓烟而引起咳嗽。

眼前的这一幕令人震惊：两人看到了几十只，不，上百只猴子正跟随着鼓声不停舞动着，而鼓声的来源正是几个皮肤黝黑、围坐在火堆周围的半裸男子。他们用手拍打着牛皮制成的鼓，发出有节奏，且具有催眠性的声音。这些人的鼓声一刻不停，一旦有人停下了手上的动作，另一个人便会立刻接上继续拍打。

整个村庄里有几间用破布围起来的小屋子，另外有一间比其他都大的用石头和木头建成的房子，在房子的后面有一个非常奇怪的架子，上

面绑着许多绳子，这些绳子不停地来回摆动着。

伦纳德抓紧了卡利普索的手，指了指中间那幢最大的房子，示意她紧跟着自己。两人开始绕着中间的洼地边缘走，希望能够找到一个更好的角度以便于观察整个村庄的情况。

"他们这是在干什么？"基穆尔科夫的书店管理员小声问道。

伦纳德也不清楚，不过他感觉到不管这些人在做什么，反正都不是什么好事。这些鼓声，燃烧的火堆和这些猴子的神秘舞蹈给人一种说不清的邪恶感觉。

两人弯着腰，小心翼翼地继续前进，尽量让自己始终处在植被的掩护中，尽管他们觉得即便现在走出去，也没有人会注意到自己。在到达了一个比较近距离的观察点之后，两人趴在地上，拨开边上的草丛，望着下面的村庄。

两人绕着这片洼地几乎已经走了三分之一圈，此时已经来到了最大那座房子的后面，这座房子看上去有些像一座兵营，四周有着八扇小窗户，在后侧的门口对着不少旧的衣服、鞋子、生锈的佩剑、变形的帽子、皮带、压扁的靴子以及一些背带。

"别看……"伦纳德轻声说道，同时伸手想要挡住卡利普索的眼睛，不过为时已晚。

他们之前见到的那个奇怪架子其实是一个绞刑台，上面悬挂着五根结实的绳子并且绑着五具尸体。

卡利普索用手捂住了自己的嘴，尽量克制住自己惊呼的想法，她将整个头都埋进了伦纳德的胳膊里，而她身边的男人则目不转睛地盯着眼前这个有些恐怖的村庄，到底在这个被众神和人类遗忘的地方发生了什么？

这时，男人听见了一声树枝折断的声音，他转过头来，用唯一的那

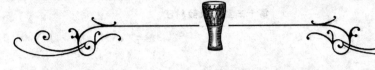

只眼睛望向声音传来的方向，看见一只猴子藏在树丛里。

"当心！"伦纳德急忙将卡利普索从身边推开。那只猴子向着两人所在的位置吹出了一支毒箭一样的东西。

伦纳德只觉得自己的脖子像是被蚊子咬了一口似的。

他尝试着站立起来，却脚下一软，跌倒在地，顺着山坡滚了下去。

第十四章
独自行动

基穆尔科夫的邮局里，杰森和沃尼克放下了手里的枪，皱着眉头看着背靠着背的弗林特兄弟两人，兄弟两人浑身污泥，眼神里透漏出了一丝害怕。

"快说！"杰森率先打破了沉寂。

大弗林特有些不解地看着他问道："说什么？"

"是呀……"弗林特老二重复道，"说什么呢？"

"你们怎么会在这里？"

"你们怎么不说你们又为什么会在这里呢？"

杰森无奈地抬起头来望着天花板。"沃尼克先生……他们是……"他解释说。

"我知道，"沃尼克打断说，"他们为我们工作。"

"为你们工作？"杰森再次举起枪管问道，"什么叫为你们工作？"

"我们不为任何人工作！"大弗林特反驳道，"还有，你注意点你手上的枪！"

"是啊，你当心点，科文德！你该不会想开枪打死我们吧！"

杰森再次放下了手里的枪，问道："你们还有一个人呢？"

"这也是我们要问你们的问题！"大弗林特的脸涨得通红说道，"你们把我的表弟怎么样了？"

"就是，这事得问你们！"弗林特老二机械地重复说，"他人呢？"

"你们到底在说些什么呀？"杰森有些生气地问道。

"我们的弟弟去了你家……"弗林特老大指着男孩说，"然后就再也没有回来了！"

"是啊，再也没有回来……"老二重复说，"把我们的弟弟还给我们！"

"够了！"沃尼克站到了中间，将三人分开，"你们这几个小鬼听着，事情很简单，我们完全不知道你们的那个宝贝弟弟去了什么地方，而且我知道你们虽然很不情愿，但是我们现在已经是在一条船上了……"接着他转向杰森说，"过去的事情都既往不咎了，可以吗？"

杰森有些不太乐意地叹了口气说："他们还没说为什么会在这里呢……"

"你觉得我们怎么会在这里呢？你这个故作聪明的家伙！"大弗林特低声说道。

"你说我们为什么在这里，嗯？"弗林特老二重复说，"我们可不能丢下我们的弟弟不管而自己回去，不是吗？所以我们在镇上转了一圈找他，我们去了树林里，墓地里，还去了灯塔……然后我们又回到了你们家那里，不过那里实在是太可怕了！而且你们也不在家里……"

"不管怎么说，"大弗林特继续说道，"我们最后还是没有找到弟弟……"

"找遍了所有的地方……"

两人相互之间交换了一个有些担忧的眼神。

"可是这和你们来邮局又有什么关系？"杰森不解地问道。

弗林特老二有些不耐烦地叹了口气，似乎这个问题的答案早就已经显而易见了。"因为我们有钥匙，所以我们当然可以进来！钥匙是我们在书店的后面找到的，在那扇该死的门打开之前……我们可不想冒着这么大的雨回家，所以就先来这里避一避雨，这还不好理解吗？"

大弗林特清了清自己的鼻子，继续说道："在我们进来之后就听见外面传来了炮声……嘭！嘭！嘭！不过这可不关我们的事啊，我们也被吓到了……"

"对的，不是我们干的！"

"然后我们就在这里找了个地方藏了起来……"

"是的，就藏在袋子里。"

"再后来你们就进来了……"

"是的，直到你们进来……"

四人围在一起，继续你一言我一语地讨论着，直到一颗炮弹落在了他们的不远处，才让他们闭上了嘴，并把他们拉回了现实。

"我们赶紧去学校的地下室避难吧。"杰森赶紧说道。

"学校？你疯了吗？"大弗林特说道。

"和你科文德一起去学校？你想也别想！"弗林特老二接着说。

"随便你们怎样吧！你们想要被关在这里也行，或者出去让那些猴子抓走也行。"说完，杰森看着沃尼克摇了摇头，"真是拿这两个人没办法，您和我一起去吗？"

沃尼克略加思索之后回答说："不，我要留在这里。"

"留在这里？"杰森有些难以置信地重复道。

"我的人正在赶来的路上，总得有人去接他们……"

"就算一切顺利的话，他们至少还得要三个小时才能到达这里！"

"我是认真的，小伙子，我留在这里。"沃尼克的双手紧紧抓着斯特拉老师留给他的包裹，在桌子的前后来回走动。

"随便您吧。"杰森将枪重新挎到了背上说。

"我这里有一本莫洛的笔记本……"沃尼克继续说道，"我会经常翻开看看是否能够见到你们，这样一来我们也可以保持联系。"

杰森点了点头。"这个办法听上去不错。"然后他望了一眼站在原地不知所措的弗林特兄弟二人问道，"他们会给您添麻烦吗？"

"我想应该不会的。"燃烧者头目回答说，"不管怎么说……如果那些猴子敢过来的话，至少我们这边有三个人来欢迎它们。"

杰森走到了门口。"那就一会儿见了，记得经常看一眼笔记本啊。"接着，也不等对方回答，他便走了出去。

当邮局的大门关上了之后，沃尼克重新将注意力放到了手中的包裹上，他将包裹放到了滑道口，但是并没有立刻放手。

"发生什么了？"大弗林特走近问道，"难道您不想寄出这个包裹了吗？"

沃尼克叹了口气。"事实上是我非常想打开这个包裹看看里面到底有些什么东西……"他承认说。

"那为什么您不打开呢？"男孩继续怂恿道，"这里除了我们之外就再也没有别人了。"

"不过您完全不用担心我们！"弗林特老二赶紧补充说，"我们也是坏人！"

"是啊，有一次我们曾经打开过寄给我们爸爸的包裹，因为我们以

为那里面是新买的玩具……结果没想到只是一些愚蠢的书本！你还记得吗？"

"当然记得！那次真是太让人失望了……"弗林特老二摇头晃脑地说道。

正当两个孩子说话之际，沃尼克已经着手准备了第二个包裹，他小心翼翼地将自己的手稿卷起来之后用绳子系好，然后放入了包裹，在发件人的地方写上了自己的姓名，然后在收件地址的地方写上了燃烧者俱乐部位于伦敦弗洛格诺巷的总部。

"完成了。"他做完之后有些满足地说道。

"这样一来我们就有两个包裹了。"大弗林特在一边说道。

这时他们突然听见从广场上传来了阵阵脚步声，并且伴随着一些奇怪的叫喊声。

"是猴子！"沃尼克急忙说道，"你们俩快躲起来！"

弗林特兄弟不等他重复第二遍，立刻照做了。

而沃尼克自己也躲到了桌子的后面，同时顺手将两个包裹都投进了后面的邮箱口中，斯特拉老师的那个包裹下滑的速度更快一些，并且很快消失在了滑道的尽头。

广场那里传来的脚步声和叫喊声越来越响，男人坐在地上，手里紧紧握着猎枪，同时看了看手表。

"还有两个半小时……"他心想，"再过两个半小时我的人就会到这里了。"

第十五章
零频道

　　<u>　　</u>个奇怪的机械动物正沿着地底的河流缓缓前进，彼得坐在驾驶座上，而瑞克则打开着顶部舱门向外张望，四周的景象其实十分简单：在两人的一侧是单调的岩石，一直通向高处，而另一侧则是幻影迷宫的外墙。尽管他和彼得已经造访过此地，不过男孩仍然难以相信所有的虚幻之地都是通过这样一座建筑而相互连接到一起并隔离于现实世界之外的，在他的身边，基穆尔科夫的天才钟表匠如同一位第一次走进游乐场的孩子一样被四周的景色所吸引，从两人出发至今，这位发明家不时地发出由衷的赞叹声，并多次查看他手上的那些写满了难解符号和公式的纸张。

　　"这个地方一定是有迹可循的！"发明家自言自语说道，"如果从威

尼斯的瀑布落下来的话，可以来到这条河流的源头附近……而你们之前告诉我说如果从迷宫里的某个建筑房顶向上去的话，则可以抵达基穆尔科夫……"

在听到自己家乡的名字被提及的时候，瑞克突然感到了一阵想念。他想到了自己的家，自己的妈妈和所有的朋友，他想到了茉莉娅，在这一刻他突然希望所有的这些冒险都能够马上终结，这样他就能立刻给女孩一个大大的拥抱。而就他所知，如果从幻影迷宫直接抵达基穆尔科夫的话，最快的方法就是乘坐彼得在多年之前为珀涅罗珀留下的那个热气球，而这个热气球此时此刻已经被绑在了萨顿山崖中心地带的那座动物之桥上了。

"在威尼斯你的实验室的时候，你当时对我们提到过一艘船……"瑞克这时对彼得说道，男孩并非是真的对这艘船感兴趣，而更多的只是为了让自己分心而不去想家乡的事情。

发明家这才从一堆图纸中抬起头来，看着男孩，仿佛这才注意到他似的。

"你说的是史宾西舰长的海盗船吧。"发明家也不等男孩确认，直接开始滔滔不绝地讲述起来。

他说自己在威尼斯见到过一艘挂有黑色船帆的海盗船，这艘船的主人曾经和某个神秘的生物签下了协议，使得自己能够长生不老，同时，借助那艘海盗船，他还能够自由往返于虚幻之地和现实国度。后来他们相遇了，在他、尤利西斯还有其他的伙伴们共同的努力下，他们击败了这个海盗头目，夺走了他的帆船并且将其藏在了某个沼泽深处。"我本想毁掉那艘船的……"发明家承认说，"然后烧掉那些船帆，但是其他人，特别是内斯特不想这样做。对他来说毁掉一艘船就差不多相当于杀掉一个人一样，而且他当时很确定史宾西逃不出那座孤岛，也肯定找不

到那艘船……"

"那他后来是怎么找到那艘船的呢？"蜘蛛潜艇继续前进着，瑞克问道。

"说实话我也很想知道……"彼得若有所思地回答说，"不过我记得当时有一个和其他人一起叛变的水手，是他在我们将灰色玛丽号藏好之后带出那片沼泽的。"

"一个水手？"

"是的，他身材十分魁梧，有着黝黑的皮肤，名字叫强度。"彼得回忆道，"他是除了布莱克，内斯特，泊涅罗珀，伦纳德和我之外唯一一个知道那艘船位置的人。"

"所以说有可能是他……"

"这是唯一的解释了，史宾西用某种方法逃离了那座孤岛，然后找到了强度，并且通过他找到了那艘船。"

"这样一来所有的一切就能够说得通了。"

"没错。"彼得回答说，"这也是为什么我们得赶紧行动的原因，史宾西船长似乎很容易就抵达了威尼斯，希望他没有那么快找到去基穆尔科夫的路……"

"所以说……"瑞克半开玩笑地说道，"我们现在……是去……阻止这个叫史宾西的海盗对吗？"

"对的。"彼得肯定地点了点头说。

"那……具体说……我们是去哪里呢？"

发明家停了一下，然后回头看了一眼红发男孩。"你知道吗？你的这个问题我还真没有想过……"说着他继续操纵着机械蜘蛛向着黑暗中前进，同时打开了驾驶舱里的收音机，自言自语地说道，"不知道有没有人会在这地底下放些经典音乐什么的……"

瑞克惊讶地看着驾驶座上的天才发明家，不明白他到底是在开玩笑，还是突然脑子短路了。

没办法了，完全无计可施。

灯塔电台的通讯机电池没电了。

如同彼得的其他发明一样，这里的电池是通过太阳能来充电的，所以在晚上的时候完全不可能来为其充电。

布莱克·沃卡诺按下了那个黑色盒子上的播放按钮，然后对着麦克风大声说道："喂！伦纳德！你能听见我说话吗？喂！喂！测试！测试！阿尔法！布拉沃！查理！"

他将调频旋钮来回转动，寻找着那个"零频道"——唯一的一个能够令现实世界与虚拟世界实现通讯的频率。布莱克记得有人曾经告诉过他，所谓零频道是宇宙大爆炸时期所留下的一个粒子震动的特殊频率，广泛存在于宇宙的每一个角落，而彼得所发明的所有需要使用到通讯的设备使用的都是这一频率。不过很遗憾，现在他手上的这个东西却无法捕捉到这个频道。从喇叭里传出来的只有微弱的嗡嗡声和若干刺耳的杂音，在外面大雨的声音之下显得有些微不足道。

从高处望下去，基穆尔科夫海湾颇有一些末日时分的感觉：在东方，乌云开始渐渐散开，初升太阳的金色光芒如同猫科动物的利爪一般刺穿云层，风已经停了，刚才的暴雨渐渐转为了垂直落下的浓密细雨，海面如同白蚁窝一般，密布着雨水留下的小孔。

布莱克做了最后一次尝试，然后将话筒一扔，显得十分绝望。

他已经完全无计可施了，周围一片漆黑，没有任何生命的气息，只有细密的雨声。

伦纳德联系不上，尤利西斯不知道去了哪里，彼得身在威尼斯，这

一切意味着他必须独自面对最糟糕的敌人。

这个敌人对于几个孩子来说太危险了，所以他不能将他们卷进这场战斗。

前火车站长从椅子上站了起来，双手扶着腰，他看了一眼那艘海盗船，又抬头望了一眼阿尔戈山庄的残骸，整座萨顿山崖感觉都不太一样了。

"冷静，老伙计……冷静下来……"布莱克不停地重复对自己说，"一定有解决方法的。"

孩子们说他们在小镇上见到了一个深色皮肤的水手，同时在船上还有一个戴着帽子的家伙，除了这两个人之外，其他水手好像都是猴子。

布莱克望着窗外，感到了自己对于这种局面的无力。

所以说船上除了那些猴子之外，就只有史宾西一个人。

他一个人……

"这家伙是怎样做到控制那些猴子的……"男人自问道。他到底是怎么下命令的？又是怎么让猴子按照他的命令行动的？这是个最大的问题。如果布莱克能够搞清楚其中的秘密，

从而让断绝史宾西和那些"水手"之间的控制关系的话，也许他就可以再策动一次叛变……

一个想法在他的脑海里开始渐渐成型，虽然还有很多不确定的因素，不过这有可能是唯一能够解救小镇的方法。

"伦纳德？"突然从收音机的喇叭里传来了一个声音，"伦纳德·米纳索？"

布莱克的心一下子悬到了嗓子眼："这里是布莱克·沃卡诺！你是谁？"

说完他静候在收音机前等待着答复。

"布莱克！你这个老家伙！最近过得怎么样？"

这个来自远方的声音听上去有些奇怪，但是又有一种说不出的熟悉感觉，基穆尔科夫的前火车站长已经有好久没有听到过这个声音了，他愣了几秒钟，随即一股感动之意涌上心头。"彼得！"他喊道，"是你吗？"

他将音量调到了最大，尽管如此，从远处传来的声音仍然有些模糊。"当然是我啦！不然你还以为会是谁？"

"能听到你的声音真是太好了，老伙计！你现在在哪里？威尼斯吗？"

过了几秒钟之后收音机里才传来了回答："还是你告诉我你在哪里吧，这样更方便些！"

"我现在就在基穆尔科夫的灯塔！史宾西来了！"

"史宾西？"对方又停顿了一阵子，这次的时间更长，"这不可能！"

"我说了他现在就在这里，在海湾！"

"可他是怎么找到那里的？"

"我怎么知道！我只知道那个浑蛋现在正朝着镇上开炮！我们已经将村民们疏散到了逃生通道里，而我……我在寻找援兵！"

"好吧，我的老伙计，看来你真是需要一些帮助了！在我们上次给他开了那么大一个玩笑之后，相信他现在一定想把我们所有人串到一起之后放在火上烤一烤！就从尤利西斯开始！"

布莱克有些僵硬地笑了笑，然后将头凑到了收音机的边上，彼得的声音变得越来越轻。

"彼得，听着！"他大声说道，"我们得要使用你的那件武器了，你听得见吗？"

彼得的声音里夹杂着嘈杂声："想也别想！那件东西我们从来都没有试过，这样太危险了……"

"那你有没有其他建议？还是说你觉得已经享受够了你的假期，然后打算回来帮我一把？"

"既然你这样说了，我想也差不多是时候回来看一看了，我已经有好长时间没有整理家里了。"

布莱克的心里一阵激动："你说的是真的吗？"

"当然，我现在就在地底下的某处，我需要一些时间来找到回家的路……"

"太棒了！"

"听我的：无论发生什么，都不要使用那件武器！你得想办法制造一些混乱，来帮我争取足够的时间，明白了吗？一切等我回来再说！"

"你大约还有多久才能回来？"

对面并没有回答。

"该死！彼得，你还能听见我说话吗？"

喇叭里传来了嗡嗡声。

看来通讯已经中断了，彼得·德多路士的声音消失在了基穆尔科夫地底下的某处。

争取时间，制造混乱。

到底该怎么做呢？

布莱克·沃卡诺开始在灯塔的房间里来回走动，看看能否想到一个办法。

"好吧，"他自言自语说，"我看我还是一件一件事情来解决比较好。"

他挪开了伦纳德堆在房间里的地图和书本，然后走了出去，来到了控制柜的旁边，找到控制探照灯的电闸，然后打开了所有的开关，并将其调到了最大功率。底下的应急发电机发出隆隆的嘶吼，同时布莱克都觉得自己仿佛看到了电线上冒出的火星。

巨大的探照灯射出了一道明亮的光线，如同一把利刃一般将迷雾一劈为二。

布莱克快速走下了楼梯。

"现在你已经知道了我的方位，史宾西……"他嘀咕着说，"不过我不会那么容易让你逮到的！"

下楼之后，雅利安在马厩里有些不安地躁动着，不过布莱克并没有理会，而是直接来到了伦纳德的房间里，找到了一个看上去老旧的大皮箱，他打开了箱子，一股樟脑丸的气味扑鼻而来。

"这可真是有点疯狂！不过最好还是做好万全的准备……"他自言自语说。

他取出了一个精心摆放在里面的木盒子，盒子上有一块金色的铭牌，上面写着这个盒子的上一位主人的名字：弗朗西斯科·瓦奎斯·德·科罗纳多。

在盒子里用红色的绒布包裹着两把长筒手枪，象牙色的枪柄，枪的做工体现了西班牙工匠的最高工艺，这两把手枪是他们在一个已经不再存在的虚幻之地得到的。

"现在……还差一件外套。"布莱克·沃卡诺一边说着，一边向四周张望。

第十六章

阶下囚

茱莉娅睁开眼睛之后率先看到的是船的甲板：虽然眼前仍然一片模糊，不过依稀能够分辨出甲板是由深色的木板组成，女孩的脑袋里仍然迷迷糊糊的，只觉得自己后背传来持续不断的疼痛感。在略微清醒一些之后，她听见了一阵阵脚步声越来越近，同时看见了一双黑色的靴子向自己走来，停在了身边的不远处。

一个男性的沙哑声音命令道："弄醒她！"

两个猴子抓住了她的肩膀，开始拼命摇晃，不过仅仅是它们身上散发出来的体味，就已经将女孩熏得清醒了过来。

"放下爪子！"那人命令道。

女孩一屁股重新坐到了地上，两只猴子在身边对着她有些激动地大

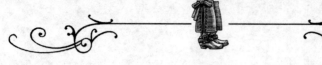

喊大叫。

"你就是阿尔戈山庄兄妹俩中的妹妹？"男人问道。

茱莉娅咽了口唾沫，然后缓缓抬起了头。在她面前的这个男人长得非常非常高，身材十分魁梧，从下往上看过去，如同一座纪念碑一样，他的那双靴子闪闪发亮，双手粗糙而有力。身上的衣服崭新而且散发着一股香味，与周围的那群猴子形成了鲜明的对比。

女孩得为自己尽量争取时间。"你就是史宾西舰长对吗？"她用颤抖的声音问道，同时也很好奇这个人怎么会认识自己的。

海盗船长在她的身前蹲了下来，凑近看的话，他的脸庞如同一尊雕塑一般：高高的颧骨，眼窝深陷，嘴巴的线条十分清晰，鼻梁高挺。

"我就是。"男人张开嘴，露出了亮白的牙齿。

茱莉娅想要向后退去，但是却发现背后没有什么空间了。正在这时，史宾西突然拔出了佩剑，刺在了女孩运动鞋边上的甲板上，女孩这才意识到面前的这个男人似乎不是在开玩笑。

"现在……我需要知道我的手下们抓来的到底是不是我想要的人，还是说我得要把你扔进海里？"

"是……是我……"茱莉娅结巴着说，"我就是茱莉娅·科文德。"

"很好。"史宾西低声道。

史宾西将佩剑从茱莉娅的脖子边收了回去，然后将女孩从甲板上拉了起来，女孩这才注意到自己的双腿一直在发抖。

她的头有些晕乎乎的，几只猴子围在她的四周上蹿下跳，不远处基穆尔科夫小镇上的房子正冒着黑烟。

"你想要怎样？"她鼓起勇气问道。

"我只要一个人：你的朋友尤利西斯·摩尔。"史宾西船长回答说。

"我……我不知道他在哪里……"

海盗头目双手交叉放在背后，眼睛盯着海面，然后瞟了一眼山崖顶上的阿尔戈山庄，那里有一盏灯正在闪烁着，时长时短……

"莫斯密码……"茱莉娅心想。

史宾西等到那盏灯完全熄灭之后，回过头来对着女孩说："看来你的哥哥也不知道去了什么地方，而且老园丁也没有找到。"

说完他笑了笑。

"他什么都知道……"茱莉娅心里一沉，"这可怎么办？"

她正想要说些什么，不过海盗头目却率先开口了："你的父母也在我的手上，只不过我把他们留在了岸上，他们好像也不打算开口，只是说不知道你们的那位……瘸子园丁去了什么地方。"

"你到底把他们怎么样了？"茱莉娅听到自己的父母之后突然暴怒起来。

"什么都没有做，不过要是你不说的话……"史宾西船长冷冷地说道，"我可以先拔掉你的指甲，然后把你塞进一个爬满蚂蚁的木桶里……"

茱莉娅努力让自己不要被吓到，她看了一眼海盗船到岸边的距离。

"如果你敢跳海逃跑的话……"史宾西船长像是知道女孩的心思一般，"我就会让人射杀你。"

"让谁？让你的那些猴子？"

史宾西笑了笑说："有人告诉我说你有一个非常讨人喜欢的性格，茱莉娅·科文德，看来这并不假啊！"

"是谁告诉你的？"

"而且你长得也很可爱……"船长继续说道，"要是为了让你说出那个该死的尤利西斯·摩尔的下落而非要折磨你的话，我可是会感到非常不忍心的。"

"我已经说了我不知道！我不知道他在哪里！"

“说谎！你不愿意告诉我对吧？我可以问你的父母！或者你的哥哥！”

“你一定抓不到杰森的！”

史宾西船长像是听到了一个久违了的笑话一样开心地大笑起来：“你知道这句话我听过多少遍吗？但是很遗憾地告诉你：所有这样说的人最后都被我给抓住了。他们都以为能够逃脱我的复仇，真是太可笑了！对于这种追捕猎物的游戏我可是一位专家！这个过程能够让我兴奋，让我感到我还活着。那么现在……如果你告诉我尤利西斯·摩尔下落的话，我就饶你一命。”

“我凭什么相信你？”茱莉娅反问道。

史宾西指着阿尔戈山庄说：“现在，我的一个手下就在你家，我和他订立了一个契约。”他的脚用力踩了踩甲板，“他知道我这艘船被藏在了什么地方，而我知道怎样帮他延续生命……正如你所见，我们相互之间选择了信任，因此我们就重新开始一起共事了。你应该感到幸运，茱莉娅·科文德：我还在找另外的四个人，而你并不是我的目标。那么，你现在可以说了吗？”

茱莉娅刚想摇头，海盗就一把抓住了她的脸庞，直直地盯着她的双眼。“别浪费我的时间。”他威胁着说，“他在哪里？”

当海盗头目松开手的时候，女孩疼得差点晕过去。

“这样吧，我来帮你回忆一下……”史宾西说道，“这样也许你可以想起来……你知道伦纳德在哪儿吗？”

茱莉娅强忍着疼痛，回答说：“他出海了，我也不知道去了什么地方。”

“很好，你看现在你终于开始想起一些事情了，那么彼得·德多路士呢？”

“他已经不生活在这里了。”

“回答得很好，女孩，这样做就对了，我知道他现在生活在威尼斯，

虽然我也很想亲手杀了他，不过最后我还是决定把这件事交给别人去做了……我们继续，那么那个火车司机呢？"

"我……我不知道……"

"那我来提醒你一下吧，你看到灯塔那里的光了吗？你觉得是谁点亮那里的灯呢？"

茱莉娅吸了口气，缓缓点了点头。

"那现在我们要到重点了：那个瘸子呢？"

"他已经走了。"茱莉娅说道。

"这样的回答好像太简单了一些吧，你觉得呢？"

"我向你保证！他突然就不辞而别，我们都不知道他去了哪里！"

史宾西船长等了几秒钟，然后用淡淡说道："看来你真的很希望我把你的哥哥钉在一棵大树上啊？"

茱莉娅实在无法继续忍受，一下子开始哭了起来。

"别这样！"海盗抱怨着说，"别这样啊！我们刚才不是还说得好好的吗？要不我们放了你的哥哥，好不好？我也可以把你的爸爸或者妈妈钉在树上，由你来决定！除非你告诉我那个瘸子在哪里。"

"他在读了泊涅罗珀的信之后就离开了！"茱莉娅绝望地喊道。

听到这个名字之后，史宾西船长脸一下子沉了下来："什么信？"

"就是那封在她失踪之前留下的信。他读了那封信，知道了泊涅罗珀还活着，所以就出发去找她了！"

"可是泊涅罗珀已经死了啊！"史宾西有些吃惊地脱口而出。

茱莉娅突然停止了哭泣，张大了嘴看着他。

"这我可以向你保证，"海盗头目说，"是我亲手杀了她的，在扁舟之乡，因为她不肯交告诉我来基穆尔科夫的方法。我在藏书室里杀了她，然后一把火把整幢房子都烧了！"

听到这席话之后，茱莉娅突然回想起了杰森和瑞克曾经告诉过她的关于两人在扁舟之乡的所见所闻：他们向她讲述了那间藏书楼的失火，包括他们是如何找到那幅藏在密室里的基穆尔科夫的地图，并且最后被奥利维亚·牛顿夺走的事情……

所以珀涅罗珀为了保护这个秘密而被这个海盗杀害了？听上去仿佛是发生在很久之前的一件事情一样。

想到了这里，茱莉娅抬起头来看着史宾西，她自己也不知道是哪里来的勇气，开口说道：

"这样说来应该是你害怕尤利西斯·摩尔才对。"

"你说什么？我没听清？"

"要是他知道了是你杀害了珀涅罗珀的话，一定不会轻易放过你的！"

史宾西扬天大笑了起来。

"所以应该是你害怕他才对。"女孩感到自己浑身的鸡皮疙瘩都起来了。

"是的，茱莉娅·科文德，你说得没错！是我害怕他！是我害怕尤利西斯·摩尔！"海盗头目轻蔑地看着女孩说道，"看来你还不是很清楚啊，小女孩！我是不会死的，我什么都不害怕！"

说着他向着自己的猴子水手挥了挥手。

"把她带下去！"他命令道。

第十七章
秘密武器

" 菲尼克斯神父！"杰森在地下避难通道里喊道。

几乎所有的村民都已经躲进了地下避难所里，幸运的是这里的空间还算宽敞，因此并没有让人特别压抑的感觉。基穆尔科夫的村民们陆陆续续开始平静下来，有些人开始相互聊天，有些人索性找了一处地方开始睡起觉来，毕竟刚才是睡到一半被惊醒的。人群中的年轻人仍然惊魂未定，相比之下一些老年人似乎显得比较平静，讨论的话题集中在昨晚的那场暴风雨上。眼前这场突如其来的袭击似乎唤醒了他们年轻时经历过的战争回忆。

不管怎么说，那年大夏天的伙伴们建造的这个避难所还是考虑非常周到的。

　　整个场所能够容纳两倍于基穆尔科夫的小镇人口的人数，里面配备了不少奇怪但是实用的设施。避难所的供电由一台大功率的发电机单独提供，一些庞大的风扇为这里输送源源不断的新鲜空气。每一个房间里都放置着几张双层床，浴室里还有热水提供。每一条过道里都有医务室，另外整个避难所配备了两间厨房，里面放满了各式各样的军用食品罐头，在洗衣房里有几台洗衣机，循环使用一个如同奥运会标准泳池那么大的蓄水池里的清洁水源。令人略感意外的是在地底下居然还有一个火车站，轨道直接连接到国家的铁路网，以方便在必要的时候撤离所有的村民。

　　让杰森感到不可思议的是整座避难所居然是由四个人偷偷建造完成的，或许唯一合理的解释就是这里在他们发现之前就已经存在了，也许是在第二次世界大战时期建造的，也许更早，在那些时光之门的建造者之间的战争时期建造的，那个大夏天的伙伴们只是发现了这个地方，然后打理了一下整个避难所。

　　"菲尼克斯神父！"杰森一边喊道，一边在人群中向前挤，"我的妹妹在哪里？"

　　神父揉了揉眼睛，然后按摩着自己的太阳穴，他看上去很疲惫。"我让她去打开学校底下的通道大门了……后来我就没有再见到过她，幸好……我们差不多所有人都到齐了，我已经关上了教堂的大门！"

　　"那布莱克呢？他回来了吗？"

　　"他我也没有见到。"菲尼克斯神父回答说，这时他才注意到杰森背后挎着的猎枪，问他是在哪里得到的。

　　杰森将刚才发生的事情简单叙述了一遍，并告诉他说沃尼克决定留在邮局里等待帮手。

　　"我们得想办法反击……"杰森停顿了一下之后低声说道，"布莱克

曾经提到过一件武器，就在这地下的某处，这事你知道吗？"

菲尼克斯神父盯着男孩看了几秒钟，脑子里飞快地寻思着应该如何回答。"我有听他提到过。"神父最后承认说。

"那您还知道些什么？"

"既然如此……"神父拨开了围绕在他身边的人群，然后让几位小伙子来顶替他的工作，在向他们交代了几句注意事项之后，他又和市长以及两名消防员说了几句话，最后他带着杰森向前走去……"在离开之前，"他开口说道，"珀涅罗珀曾经和我说过她连同几位好友一起设计了一套防御用的武器，不过后来，为了避免发生危险，他们决定放弃这一计划，并将这件武器藏了起来……你在听我说吗？"

杰森点了点头，事实上，他一直都没弄清楚在他们上一辈的几个朋友里，菲尼克斯神父到底是怎样的一个角色：有时候他像是亲身经历过许多事情一样，而有的时候，他又如同是一位局外人一般。

两人很快来到了一扇厚重的铁门前，神父掏出布莱克留给他的一串钥匙开始寻找起来。"当我们将武器藏起来之后，我们认为一切威胁都已经被消除了，事实上在你们来之前的很长一段时间内确实如此。只不过我的心里一直都存在着一丝担忧，我觉得有些事情迟早都会发生的……"

他试了两把钥匙之后，终于在第三次尝试时打开了门锁，伴随着吱呀一声，铁门在生锈的铰链上缓缓转动起来。两人进门之后，菲尼克斯神父打开了房间里的灯。

杰森这才发现这个房间像是一间控制室，里面有着许多各种各样的按钮和指示灯，如同他在一些黑白的科幻片里看到的一样，在房间的一侧放置着一个基穆尔科夫小镇的塑料模型，房间的地上铺着地毯，另一侧有几个控制台，上面安装着不少开关和按钮，控制台的上方还有一台显示器，边上放着一台碟片播放器和一张 LP 的专辑，另外还有一部黑

色的电话机，电话机的下面压着一排号码。

"这里到底是什么地方？"

"这里原本是布莱克·沃卡诺的通信站……不过这里同时还承担着许多其他工作。彼得把这里称为'奥林匹亚'，不过……"菲尼克斯神父仔细检查了几个开关，终于找到了正确的那个，墙上的设备开始嗡嗡作响，"……他好像不是很擅长起一个响亮的名字。过来吧。"

菲尼克斯神父坐在了一把看上去像是二十世纪七十年代风格的椅子上，然后向着杰森指了指边上的另一把椅子。

显示屏这时渐渐点亮了起来，从黑白的雪花慢慢变成了一幅幅画面，分别是基穆尔科夫小镇上的不同场景。

"啊！"杰森惊呼道，"那不是……威廉广场吗？"

第一个显示器上出现了小镇主广场的画面，同时在塑料模型的对应位置亮起了一盏绿色的指示灯。

"你们在小镇的各处……都安装了监视器？"

"你说得不完全对……"菲尼克斯神父嘀咕着说，"彼得改装了一下原来电影院里的那台放映机，使其能够投影小镇上的实景，你看到的这个画面就是通过威廉国王的眼睛投影过来的……"

杰森不知道该说些什么了。

这时第二个显示器也亮了起来，不过屏幕上一片灰色。

"这台设备应该是坏了……"神父拍打了几下显示器，不过屏幕上仍然什么都没有。

其他的几台显示器上也分别出现了基穆尔科夫小镇各处的画面，小镇的主路，比格斯小姐家的阳台，镜屋门前的泥路，从灯塔顶端望下去的伦纳德家的院子……

"好像有人在马厩那里……"杰森指着马厩里面发出的灯光说道，

"也许是布莱克，我们可以和他通话吗？"

菲尼克斯神父仔细研究了一下面前的控制台，然后回答说："恐怕不行。"

两人盯着屏幕看了一会儿，这时在一台显示器的画面中出现了几只猴子正走在邮局门口的广场上。

"该死！"杰森喊道，"沃尼克和弗林特兄弟还在那里！"

那几只猴子在门口处嗅来嗅去，然后突然好像发现了什么似的，手上拿着剑就打开大门冲了进去。

"我们得赶紧去帮他们！"男孩已经跳了起来，不过菲尼克斯神父制止了他：只见到这些猴子们一只只地冲进去之后，大约过了几秒钟，又全部都出来了，似乎什么都没有发现。

杰森奇怪地摇了摇头："真是奇怪……"

"也许他们已经离开了，"菲尼克斯神父猜测说，"这些猴子在里面只待了很短的时间……根本不可能……"

"杀害他们。"杰森自行补充完整了整句话。神父说得没错：那些猴子出来的时候看上去十分平静，就和它们进去的时候一样，不过这样说来沃尼克和另外两人去了哪里呢？"我想到一个办法。"他突然说道，然后拿起了电话听筒，看着下面的一排电话号码：伦纳德，阿尔戈山庄，查帕面包房，布莱克·沃卡诺的住所，镜屋，书店，斯特拉老师……另外还有邮局的电话。男孩尝试拨通了邮局的电话，然后看着监视器上的画面，不过并没有人接电话，然后他又尝试了另外几个号码，也都无人回应。

与此同时，菲尼克斯神父打开了房间里所有的抽屉，最后他大大地松了口气，说道："啊！找到了！我就记得好像是在这里……"

他在抽屉里找到了一沓图纸，并从其中取出了几张放在了控制台

上，这些图纸上画着整座城市包括地下通道的剖面图，他迅速翻看着其中的内容，就好像对这些图纸已经很熟悉了一样。

"我们现在在这个地方，"他指着一个红点对杰森说，"这些都是逃生通道，地下室……这里还有一条很长的走廊……"神父的手指在图纸上比划着，"……这条走廊通向这里的升降梯，这里的洞穴，这里的墓地，还有火车站和桥……然后在经过这个地方，并在到达山崖之后通向地下。"

"通向海底去了……"杰森看着图纸惊奇地说道。

"在'女士的高跟鞋'底下。"菲尼克斯神父更正道。

'女士的高跟鞋'，指的是萨顿悬崖底部最凸出的两块尖耸的礁石。

"你是说那件武器就在……那里？"杰森的心一下子悬了起来。

"我想应该是的。"菲尼克斯神父回答说，"不过你可别问我那到底是什么武器，怎么使用，因为我自己也不知道，而且，即便我知道了，我也不能够告诉你，因为我是一个神职人员。"

杰森偷偷看了一眼神父。

"话虽如此，"菲尼克斯神父继续说道，"我也没有说过你不能够去到那个地方，然后启动那件武器，赶走那个坏人！"

杰森这下总算听明白了。菲尼克斯神父一直都在担心着小镇的安危，同时他对于海盗的做法也十分气愤，如同一位家长在尽力保护着自己的孩子一样。

基穆尔科夫的神父将布莱克留下的那串钥匙留在了控制台上。"我把这个留给你，你自己当心点，孩子……"说完，他转身走出了房间。

房间里只剩下了杰森一人，他看了一眼小镇的塑料模型，上面闪烁着的绿灯，音乐碟片，黑白的显示器……

第二个显示器上重新出现了画面，那是阿尔戈山庄的院子，笼罩在

一片阴霾之中。杰森突然注意到一个身材高大，皮肤黝黑的男子正在对着几只猴子下命令，他赶紧抓起电话机，拨通了阿尔戈山庄的电话，只见屏幕上的那个男人突然转过身去，跑进家里去接电话了。

男孩的心跳得飞快。

在听到电话接起的声音之后，也不等对方说话，他立刻对着话筒吼道："你们到底把我的爸爸妈妈怎么样了？"

不过令他失望的是那个男人将听筒拿在手上反复研究了一会儿，最后松开手，任由它直接掉到了地上：很显然他从来都没有见过电话机这种东西。

"我是杰森·科文德！"男孩用更大的声音喊道，"我警告你们赶紧离开我的家还有这个小镇，不然的话你们会后悔的！"

他生气地挂上了电话，深深地吸了几口气，直到自己的双手不再颤抖，然后拿起了控制台上的钥匙，收起了地图，走出了房间。

菲尼克斯神父用余光目送着杰森走远，然后再次回到了控制室里。

"希望上帝保佑你……"他知道杰森离开的时候带走了钥匙和地图，嘴里嘀咕着说。

这时显示器上有什么东西吸引到了他的注意力。

有一个人正缓缓走在沙滩上。

菲尼克斯神父凑近之后仔细看了看，尽管画面的分辨率很低，不过他还是从那一撮大胡子上轻松认出了布莱克·沃卡诺，只见他来到了沙子和海水的交界处，然后将一面白棋高高聚过了头顶。

"你到底在干什么，布莱克……"

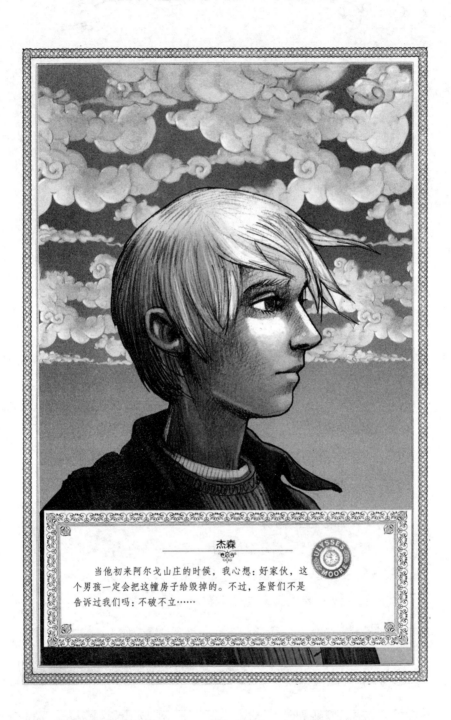

杰森

　　当他初来阿尔戈山庄的时候，我心想：好家伙，这个男孩一定会把这幢房子给毁掉的。不过，圣贤们不是告诉过我们吗：不破不立……

第十八章
逃亡者

船上的牢房又黑又小，女孩甚至都没法平躺在地上，茱莉娅尝试过用力摇晃铁门同时大声呼救，不过并没有人搭理她。不过有一次她曾经听到过似乎有人在船舱里下达着某些奇怪的命令。这时她想起了自己还随身携带着莫里斯·莫洛的笔记本，她赶紧掏出笔记本，在黑暗中迅速翻开，并用手指一页一页地摸过来，不过令她略感失望的是她的朋友们没有一个人回应她。

时间在这里过得似乎特别缓慢，她蜷缩在一个角落里，头靠着自己的膝盖，不知过了多久，女孩睡着了过去。

迷迷糊糊中她好像听见了一个声音，女孩一下子惊醒过来，侧耳倾听，怀疑自己是不是在做梦。

接着这个声音再次响起："你在里面吗？姑娘？"

茉莉娅一下子跳了起来，扒在牢房的门上。"是的！"她喊道，"我在这里！你是谁？"

"一个朋友。"

说话的那个声音有一种说不出的熟悉感觉，不过茉莉娅怎么都想不起来在哪里曾经听到过这个声音。这时她突然想到了通过布莱克的望远镜曾经见过史宾西船长的身后站着一个戴着帽子的身影。

"你是灰色玛丽号上的船员吗？"女孩问道。

"是的。"

"那你能放我出去吗？"茉莉娅试探着问道。

"不行。"那人回答说。

"那你来这里干什么？"

"我得确认一下你是否还好……"

茉莉娅突然有一种想要发笑的冲动："我被一个疯子抓来这里关进一间牢房，你觉得我现在还好吗？"

"史宾西船长不是一个疯子。"

"哦，是吗？那他有没有停止对我的小镇的炮击呢？"茉莉娅反问道。

"那里不是你的小镇，同样也不是他的。"从门口传来的那个声音中透露出一丝不屑。

"你又知道些什么？"

茉莉娅听见了这个陌生人靠在了门上的声音。"在我们来这里的路上，他把你的故事对我说了一些。"

"现在我知道了！是你带他来的这里！"

那人不置可否。

茉莉娅寻找着门上的缝隙，希望能够看一眼到底是谁在和自己讲话，不过她始终都没有见到对方的长相。

"史宾西舰长对于摩尔家族有着很深的不满。"那个声音突然说道，"而且他不是唯一的一个不满摩尔家族的人。"

"不满？"茱莉娅联想到自己刚才所受到的那些威胁，很显然，"不满"这个词用在这里已经是一种非常委婉的表达了。

"摩尔一家人夺走了他的女儿。"

"摩尔一家人……什么？"茱莉娅惊呼道，她对于这个突如其来的说法显得猝不及防，"这到底是怎么回事？"

"事情发生在二十世纪末的时候……当时灰色玛丽号袭击了一艘商船，"神秘人说道，"在登上了那艘商船之后，舰长在船舱里发现了一个女孩。"

茱莉娅心里不停嘀咕着。就在昨天，她在阿尔戈山庄里读到了一个非常相似的故事，说的是一艘海盗船上船员神秘失踪的事情，难道这两者之间存在着某种联系吗？

那人继续说道："史宾西是一个非常冷血的海盗，不过对于这个女孩，他却没忍心下手，后来他把女孩带回了自己的岛上，将她视作女儿一样抚养长大，小女孩渐渐长大成人……她的名字叫作索菲娅。"

"索菲娅·马提尔达·布里格斯！"茱莉娅心想，这好像就是那艘……玛丽·切莱斯特号上失踪小女孩的名字。

"史宾西将自己的故事全部告诉了她，希望她能够成为自己的继承者，据说这个女孩很漂亮也很聪明，假以时日一定会成为一名非常有名的海盗，但是，就在他们某一次出海的时候……"

"怎么了？"

"船停靠在了伦敦的泰晤士河上，那天晚上索菲娅从灰色玛丽号上逃走并且从此销声匿迹了。"

"可是这和摩尔家族又有什么关系？" 茱莉娅不解地问道。

牢房外的女人叹了口气，然后回答说："在伦敦，正是摩尔家族的人给她提供了庇护所……"

茱莉娅的嘴唇颤动了几下，等着听故事的下文，而正在这时，那个神秘的女人突然站了起来。

"我得离开了，"她直截了当地说道，"别告诉任何人我来过这里。"

"等等！"茱莉娅说道，"后来发生了什么？"

海盗船忽然摇晃了几下，让两人有些站立不稳，当女孩再次来到牢门边时，只听见神秘女人远去的脚步声，而与此同时，从甲板上传来了猴子的叫喊声以及史宾西船长的脚步声，船长似乎正在下达着命令，但是女孩完全听不懂他在说些什么。

"该死！"女孩一想到自己不知道还要在这里被困多久，心里别提有多郁闷，于是一脚踹向了牢门。

令她感到意外的是牢门居然打开了。

那个神秘的女人不知道在什么时候帮她打开了牢门的锁！

一辆汽车在伦敦郊外的高速公路上飞驰着，在它身后不远处紧跟着另外两辆汽车。

"事实就是这样，先生们！"皮雷斯对着坐在前排的剪刀兄弟说道，"整件事情在我看来还有许多不清楚的细节……"

安妮塔·布鲁姆坐在他的身边，整个身体窝在柔软的座位里，眼睛里布满血丝，打了个哈欠。

在她发现了燃烧者俱乐部总部地下的那个秘密之后，女孩兴奋得有些睡不着，他们找到的那面黑色船帆此时正在车子的后备箱里。

"拜托，皮雷斯，你就告诉我们你知道些什么吧……"女孩又打了

个哈欠说。

"她说得没错，你就把你知道的说出来……"卷毛附和着说。

"只有必要的才是真相，同样，只有真相才是人生所必须的。"黄毛说道。

"等等，这句话是……斯托克的小说《吸血鬼德拉古拉》里的范·赫尔辛说的！"

"答错了，是查尔斯·狄更斯说的！"黄毛得意地更正说。

卷毛用手拍了一下玻璃："我太累了，居然会犯这种低级错误。"

安妮塔和皮雷斯相互对视了一眼，并没有说话。

"别磨蹭了，快说吧……"女孩揉着眼睛说道。这时她的脑子里突然出现了这样一个画面：当自己的父母看到她留下的字条时——我和我那些基穆尔科夫的伙伴们在一起，不用等我午餐了，爱你们！不知道会有什么反应。他们一定会一边争吵着，一边翻遍整个伦敦甚至去康沃尔寻找自己。

"首先……"皮雷斯吸了口气说，"有一点要说明的，是你们说让我可以用所有方法来寻找线索，所以我才使用了备用钥匙打开了沃尼克博士的文件柜，因此对此我是不承担任何责任的……"

"当然！"卷毛喊道，"如果沃尼克老板真的怪罪下来，肯定不是你的责任，而是……坐在驾驶座上的那个人的。"

"为什么是我的？"黄毛突然踩了一下刹车，问道。

卷毛有些担心地看了一眼反光镜，说道："你能好好开车吗？别让我们被后面的车给撞了。"

"先生们……"皮雷斯打断说，"希望你们能够严肃面对我的这个问题，因为这关系到我的职业声誉。"

"当然，皮雷斯！你到底要我们怎么做你才相信呢？要我们签保证

书吗？"卷毛半开玩笑地说道。

"没错。"管家立刻递了一张一折为四的纸过去，"只要在这里签个字就可以了，谢谢。"不等对方说话，他立刻又递了一支蓝色的签字笔过去。

卷毛似乎被管家这一突如其来的举动弄得有些不知所措，犹豫了一下之后，他在纸上歪歪扭扭地签下了自己的名字，连上面文字的内容都没有看。黄毛在一边哈哈大笑，而皮雷斯则迅速将纸张和笔放回了自己的口袋里。

"继续刚才的话题……"管家继续说道，"按照我的了解、想象和假设，加上我对于历史的知识，可以将整件事情的来龙去脉勾勒出一个框架：在十九世纪的某一个九月，有一位姓布里格斯的小姐来到了虚幻旅行者俱乐部的大门口，不过当时她还没有使用为后人所熟知的名字塞西，而是叫索菲娅……"

"索菲娅？"安妮塔有些好奇地问道。

"是的，后来我用电脑上网在《不列颠百科全书》中查询了一下关于她的信息，这才发现索菲娅·布里格斯曾经出现在一些过去报纸的文章里……"

"什么什么什么？"卷毛似乎一下子被激起了兴趣，转过头来侧耳倾听。

"在我刚才所说的那件事情发生之前的二十年左右，曾经有人在亚佐雷岛附近的海域发现了玛丽·切莱斯特号船的残骸，而船上则空无一人，没有人知道到底发生了什么，亦或是谁袭击了这艘船，根据船上找到的最后一篇写于 1872 年 11 月 7 日的日记显示，船上当时一共有十位乘客，其中就包括了船长本杰明·布里格斯，他的妻子莎拉和年仅两岁的女儿索菲娅。"

"哇哦！"安妮塔吃惊地说道，"难道那个来到虚幻旅行者俱乐部的索菲娅和那个小女孩是同一个人？"

"这也正是我的疑问所在，"皮雷斯强调说，"不过需要声明的是这个女孩并没有马上就进入俱乐部里来，当时的俱乐部按照程序为她办理了注册手续，所以她真正加入是在此之后了，同时，布里格斯小姐并没有去过任何虚幻旅行地，至少表面上看起来是这样的……"

"等一下……"安妮塔突然打断了管家，然后从背包里取出了那本在地下室找到的《史宾西船长历险记》第十一册，"那这个名叫索菲娅·布里格斯的女孩怎么会变成后来的……这本书的作者——塞西·德·布里格斯？"

皮雷斯耸了耸肩："我觉得这大概是受了另一位在这个时期一直来虚幻旅行者俱乐部的画家的影响。"

"你是说莫里斯·莫洛？"安妮塔看着手里那本书中插画家的署名猜测道。

"没错，我查过资料了，正是莫里斯·莫洛先生为布里格斯小姐递交了注册申请，所以我想有很大的可能性也是他为布里格斯小姐起了塞西·德·布里格斯的笔名。按照我在沃尼克办公室的档案夹里找到的注册表复印件来看，塞西·德·布里格斯小姐说自己是一位幻想小说家。不过，在此后不久，就有一位俱乐部的高层备注说这个女孩的小说写得并不怎样，许多小说中提到的情节和内容都十分荒唐，而且当时许多出版社都拒绝出版她的小说，直到最后一个名叫弗朗西斯·博耐特*的小出版家在尤利西斯的曾祖父，也就是马库里·马尔肯·摩尔的父亲的建

---

* 弗朗西斯·博耐特同时也是 PIEMME 在 2010 年出版的《王之密码》一书中保罗·博耐特的先人。

议之下才答应帮忙出版，"皮雷斯的视线一直注视着窗外，然后笑了笑说，"当然，后来这本书的取得了巨大的成功。《史宾西船长历险记》在一个月里先后加印了三次，并且立刻销售一空，塞西·德·布里格斯也在俱乐部里获得了一席之地，并且继续她的创作。而莫里斯·莫洛则一直为她的小说绘制插画，很快，小说出版了第三册，第四册……一直到十二册。"

"再然后呢？"安妮塔好奇地问道。

"接着事情似乎开始有变化了，"管家说道，"当然具体情况我也不是很清楚，或许是她和莫洛之间的关系没有之前那么好了？又或许是那套小说带给她的名和利令她有些自我膨胀？也有可能是她有些不为人知的过去需要去处理？总之现在我们已经去探究其中的细节了，因为自从虚幻旅行者俱乐部关闭之后，她来伦敦的次数就越来越少了。而我所说的情况都是来源于当时她还隶属于虚幻旅行者俱乐部时期的记载……"

安妮塔嘴里嘀咕着些什么：她好像知道一些更多的信息。

这时卷毛突然转过头来，看着女孩子问道："这个作者的小说真的那么好看吗？"

"说实话我也说不清，"她回答说，"我只看过第十一册，而且没有看得太明白……里面好像说到这个名叫史宾西的船长有一名非常奇怪的手下。"

"非常奇怪？"

"是的，在我读到的那一本书里，提到了史宾西去了一个名叫玉之岛的地方，在那里他救出了美猴王，随后这位美猴王为了感谢他，送给了他一串不死项链。"

"这个礼物可真不错呀……"管家感叹道。

"不过国王也告诉他说只有自己在他身边的时候，这串项链才能够

134

发挥作用……"安妮塔继续说道。

"从我们老大描述的情况来看,"卷毛打断说,"这位国王应该还在他的身边。"

"是啊。"黄毛有些无奈地说,"看上去在基穆尔科夫真是有很多猴子呢……"

第十九章
意外的重逢

    "伦纳德……？"卡利普索慢慢回过神来，嘴里念叨着。她试图活动一下自己的关节，却发现已经被人把手脚都捆了起来。

    "我在这里！"她的丈夫干涩地回答说。

    卡利普索转头望去，这才意识到自己的脖子上也被人套上了绳子。村子里的帐篷、树丛、那间用石头砌起来的房子、门口的鞋子、破旧的衣服、腰带和生锈的武器就在她的四周。

    接着她看到伦纳德被人像一根香肠一样五花大绑着，光着双脚，站在一扇活动门上，脖子上同样套着一根绳子。

    她惊恐地大叫起来。

    这时，女人才意识到自己也处在相同的境况之下，被人五花大绑着，

光脚站在一块活动门上，随时有可能被吊死。

这不是真的！自己一定是在做梦。刚才两人明明还在树丛里的，怎么会……

接着她看见了……

那些猴子。

就围在四周，安静地看着两人，一言不发。这种寂静让人感到不寒而栗。

"到底发生了什么，伦纳德？"女人尖叫道。

"我们被这些猴子给抓住了！现在它们要审判我们！"

"抓住？怎么会这样？我们得想办法离开这里！"卡利普索徒劳地使劲挣扎着，不过却丝毫没有作用，相反，绑在她身上的绳子似乎比刚才更紧了。

"你觉得我没有试过吗？"伦纳德嘀咕着说。

灯塔看守者咬紧牙关，身上的肌肉一点点膨胀起来，青筋暴起，不过，尽管他用尽了全力，绑在他身上的绳索却纹丝不动。

这时，所有的猴子突然转过头去，望向小村庄里的唯一一幢小石屋，小石屋的门打开了，从里面走出了一个浅色皮肤的男人，四周围绕着大量昆虫。

他身材消瘦，脸上戴着一个巨大的猴子面具。

那些动物在见到他出来之后，发出了一声叫声，然后叫声变得越来越频繁，最后成为了一阵此起彼伏的声浪。这个戴着面具的男人身后跟随着一些击鼓的卫士，而他的那个木制面具上则挂着令人毛骨悚然的微笑，在他的肩膀上披着一件干草制成的披肩。

"那个人是谁？伦纳德？"

"你问我的话我怎么知道？看上去像是……他们的首领……或是一

个巫师……"

"他想要干什么？"

那个男人慢慢地走近绞刑架，而那些猴子显得越来越激动。

"伦纳德！"

他身后的那些击鼓的卫士们变换了鼓点，节奏中透露出浓重的死亡气息。

"看来他的目标很明确了！"灯塔管理员说道，"他朝我们走过来了。"

他看了一眼附近的猴子，又看了一眼那些击鼓的卫士，最后将目光集中在了那个面具的两个空洞洞的窟窿里，并且再次咬紧牙关，试图挣脱绳索。

"伦纳德！有件事情我想要告诉你！"

那个巫师模样的男人突然停下了脚步，向着空中举起双手，转过身来对着那些猴子。

"我也爱你！"当那个巫师重新迈开脚步向两人走近时，伦纳德喊道。

"我要说的不是这个，伦纳德！"

"啊，不是吗？"

"不是！"卡利普索有些绝望地喊道，"这件事情我从来都没有说过！"

"你真的觉得现在说这些还有意义吗？"

鼓点的节奏越来越快，如同两位拳手开始激战一样。

"我的爷爷……"卡利普索继续说道。

"哪个爷爷？"

伦纳德握紧拳头，试图从绳结中脱出来。

"就是莫里斯·莫洛！他当时其实不是一个人来到基穆尔科夫的，他还带着一个女人，想要将她藏起来！"

"哦，是吗？那真是太棒了！"

　　"听着！那个女人的名字叫塞西，我从来都没有见过她，因为他们两人在我出生之前就死了……"

　　"你的故事还有多久？因为，如果我没有猜错的话，我们应该没有多少时间了……"

　　"他们两人都是摩尔家族的好朋友，同样也是摩尔家族的人说服他们搬去基穆尔科夫生活的，在我的奶奶去世之后，我的爷爷莫里斯就离开了小镇搬去了威尼斯，并且最后惨死在了那里！"

　　"这真是太遗憾了，亲爱的，不过这件事情都已经过去至少半个世纪了！"

　　"这个不是重点，伦纳德！重点是我对这事一无所知，还是斯特拉老师在我还是个小女孩的时候告诉我的！"

　　鼓点声越来越密集。

　　而卡利普索的语气显得十分坚决："同样是她教会了我怎样使用邮局信箱，普通的那个和……虚幻之地的那个！"

　　"可是，现在提……邮箱的事情干吗？"

　　"我觉得这才是你需要知道的，伦纳德！是斯特拉女士在某一天的时候收到了那个包裹！"

　　"我的天哪，卡利普索！你到底在说哪一个包裹？"

　　"那个放着钥匙的包裹！我把它放在了办公室里，然后没多久，那些孩子们就过来取走了！"

　　卡利普索想让伦纳德弄明白的是斯特拉老师很清楚基穆尔科夫发生的事情，而有时候，有些事情甚至是她亲自在背后操纵着，正是这位看上去与整件事情毫不相干的小学老师，让阿尔戈山庄的时光之门重见天日，也是她让那个大夏天的伙伴们藏起来钥匙重新回到了小镇上，并且让他们和那些孩子们重启虚幻之旅。不过她从来也没有提过到底为什么

要这样做，而且，现在一切都已经太晚了。

伦纳德身上的肌肉越来越鼓，看上去像是快要爆炸了一样。与此同时，那个戴着面具的巫师已经来到了绞刑台前。

"是她，你明白了吗？"卡利普索仍然不停地说着。

"哪个她？"伦纳德大吼道，同时做着最后的尝试。

"最后一位时光之门的建造者！"卡利普索同时喊道。

巫师抬起手臂，示意那些猴子和击鼓者停止发声，一瞬间，整个村庄陷入了一片可怕的寂静中。

伦纳德筋疲力尽地睁开双眼，身上已经被绳子勒得伤痕累累。

巫师用手握住面具，缓缓将其从头上摘了下来。

他看了看面前的男人，然后又看了看那个女人。

"伦纳德·米纳索？"他轻轻地说道，"卡利普索？真的是你们吗？"

夫妻两人此时脸上的表情恐怕是"惊恐"这个词最生动的诠释了。

"是……马里埃……校长？"两人异口同声地说道。

第二十章
动物之友

    "它在做什么？"托马索·拉涅利·斯特拉姆比转身对着跟在他身后的扎冯问道。威尼斯商人的背上扛着一个硕大的背包，佝偻着身体，如同一个问号一样。

    "还是一直跟着我们。"老者回答说。

    托马索调整了一下自己背包的位置，扎冯坚持要求带上里面的东西。"为什么它要跟着我们？"他问道。

    "因为看上去它好像很喜欢你，小伙子……"

    两人不再说话，继续向前走了几百米，在城市的小巷里穿来穿去。托马索尽量会选择一些人迹稀少的小路行走，以避免和赛纳伯爵的手下相遇。

"没事的，小毛球。"他对着身边的小美洲狮说道，"那些只不过是些小猫而已。"

事实上，小美洲狮会时不时地回头对着扎冯的猫咪们呼呼几声，将那些猫咪吓得浑身的毛都竖起来。如果在算上那只猴子的话，这支特殊的队伍都快赶上马戏团了。

"还有多远？"又过了一会儿之后老者问道，"我恐怕走不了多远了。"

"我就说不要带那么多东西啊。"男孩说道。

"这里面可是我毕生的心血！"扎冯强调说，"难道要把它们就这样扔掉？"

托马索很想告诉他说一旦到了基穆尔科夫之后，那些笔啊，墨水啊，纸张啊都没什么用了，可是他到底应该怎样解释呢？毕竟老者根本不知道在未来，笔和纸都已经被电子化的机械所替代了。

男孩停下了脚步，让老者稍微缓一缓，就在这时，他看到了扎冯之前所提到的那只已经跟踪他好几天的猴子停在屋顶上。

他很疑惑，不知道这些猴子到底和所有的事情有什么关系。在他生活的年代里，一些猴子曾经在威尼斯帮助过他，而据说在莫里斯·莫洛死亡之前，他也曾经在涂鸦之屋养过一只猴子，而现在，在 1751 年的威尼斯，又出现了一只猴子，紧跟在他的身后。

"我们马上就到了，"他对着扎冯说道，同时继续迈开脚步向前走去，"我们得快一点，必须赶在被人发现之前离开这里。"

"你知道吗，小伙子！"威尼斯商人在他的那个大包裹下显得格外瘦弱，"在威尼斯已经没有几个正常人了！"

两人最后顺利来到了友爱巷，当托马索终于认出这条熟悉的街道时，他仿佛已经嗅到了家乡的味道。

"这边走……"他在前面带路，同时对着扎冯说。

这时他似乎听见了什么声音，突然停下了脚步，担心会不会是赛纳伯爵早就在这里埋下了伏兵。在等待了几秒钟之后，他才渐渐放下心来，看来这条小巷里一个人都没有。

两人来到了小巷的尽头。

男孩熟练地打开左侧的小门，门后是一间昏暗的房间，里面堆满了破损的家具和杂物，房间的另一端就是一扇时光之门。

"就是这里……"他对着扎冯说道。

商人来到了他的身边，然后走进了房间里，在距离时光之门几步远的地方停下了脚步，有些犹豫地回过头来。"那你呢？"他问托马索，"你不先进去吗？"

"您先进去吧，不过我得提醒您一下，到了另一边之后，您先别乱走，因为那里不像这里一样，是……一个完全不同的世界。"

扎冯点了点头，回答说："到了那里之后就没有人会再跟踪我们了。"

"是的，没有人会再跟踪我们了。"

威尼斯商人仍然有些犹豫不决。

"还有什么问题吗？"托马索问道。

男孩走上前去，看到老者闭上了双眼，嘴里念念有词，于是男孩安静地等待着他结束自己的祈祷。这时扎冯说："我在这座城市已经生活了很久，我想在离开之前感谢一下这里。"说完他拉住男孩的手，"把你的背包给我吧，如果你想要改变主意不来的话。"

男孩笑了笑，将肩上那一包东西递了过去。"您可以把它也带上吗？"男孩蹲下身体，抚摸着小美洲狮问道，"你跟着扎冯去吧，小毛球，我一会儿就来和你们会合。"

小美洲狮瞪着它那双水汪汪的大眼睛看着男孩。

"我答应你！"男孩补充道。

扎冯打开了时光之门，探头向着黑暗里张望了一下："你确定动物……"

"是的，动物可以直接过去。"男孩点了点头说。

"好吧，既然你这样说的话……"扎冯似乎放心了一些。

他拖着那包沉重的行李，跨过了门槛，而他所饲养的那些猫紧跟在老者的身后，与之一起的还有那头小美洲狮，最后，大门缓缓地关上了。

男孩目送老者离开之后，转过身来，看着出口地方射进来的光线，心想："只剩下我们俩了，猴子。"

大约过了十分钟不到，一只毛茸茸的爪子推开了房门，然后一个脑袋好奇地探了进来。托马索躲在废弃的家具之间，屏住呼吸，这只一路上跟踪着他来到这里的猴子终于现身了，只见猴子小心翼翼地来到了时光之门的前面，对着木门仔细端详了几分钟。

"我知道你是谁。"这时，托马斯躲在暗处说道。

那只猴子被吓了一跳，从地上蹦了起来，一下子蹿出了房门。

托马斯立刻在它的身后追了过去，也顾不得身后的家具都掉落在地上。"站住！别跑！"他喊道。

很快，男孩便看那只猴子停在了小巷尽头的河边，张开双臂，身体向前微倾，似乎是想告诉男孩自己并没有恶意。"你就是之前把我救出来，然后带我到彼得·德多路士机械船上的猴子，对吗？"

那只猴子慢慢走了过来。

"然后你是不是跟着那艘机械船一起过来的？"托马索一边说，一边示意猴子不要害怕，"来这里，我并不是坏人，你能听懂我的话吗？"

男孩对着猴子摊开双手，而那只猴子似乎像是明白了什么一样继续靠近过来。

"很好，你看我说的对吧？我叫托马索……"男孩微笑着说，"是你带我找到的那艘机械船将我送来了这个虚幻的威尼斯……你跟随着我一直来到这里，然后你看见我进入了那扇门里，便无法再跟着我……"

猴子的嘴里似乎在嘀咕着些什么，此时它距离男孩只有不到两米的距离了。

"于是你只能在外面等着我，直到看见我和瑞克一起回来，然后就一直跟随我找到了扎冯那里……现在你再次来到了这里……你不应该害怕我才对……"

说着，男孩小心翼翼地伸出手，轻轻摸了一下猴子的鼻子，当男孩第二次抚摸它的时候，那只猴子微微向后退了一步。

"真乖……你看，我们这不是成为好朋友了吗？"

那只猴子抬起头，看了一眼男孩，随后肚子向上躺在了地上，似乎等待着男孩继续抚摸自己。

"真有意思……那你可以告诉我找我到底有什么事吗？"

托马索温柔地揉着小猴子的肚子，然后缩回了手。

"动物会凭借自己的本能来判断哪些人是可以相信的……"男孩想起了扎冯说过的话。

"你想要跟我一起来对吗？跟我一起……回基穆尔科夫？"

小猴子踮起脚尖转了一圈，然后就保持着这个姿势看着男孩。

"你想要去基穆尔科夫？"托马索·拉涅利·斯特拉姆比重复一遍问道，然后缓缓站起身来，拍了拍自己的肩膀，"到这里来，你得和我一起穿越时光之门。"

他又再次用手拍了拍自己的肩膀。

"来吧，别害怕。"

伴随着邮政厢式小货车的一个急刹车，探头在外射击的沃尼克差一点飞出去。

"对不起！"坐在驾驶座上的弗林特老二赶紧道歉说，"这玩意儿可真是不好控制！"

沃尼克翻身回到了自己的座位上，喊道："看好自己的路，小伙子，不然我们所有的努力都白费了。"

然后他清空了弹仓里的两枚弹壳，并重新放入子弹之后上膛。

"它们还跟在后面吗？"坐在中间的大弗林特问道。

"你以为呢？"沃尼克有些生气地说道，"它们当然还跟在后面！快抓紧我的腿，我来对付它们！"

"哦，我的天哪！"大男孩哭丧着脸说道。

"还有你！专心开你的车！"燃烧者头目对着弗林特老二喊道。

"我会的！我已经很努力了！"

沃尼克吸了一口气，再次将头伸出窗外，与此同时，大弗林特在他的身后紧紧按住他的双腿以防止男子掉出车外。邮政车的体积有些大，使得他的视野并不是非常开阔，沃尼克将枪管架在玻璃上，然后使劲闭上双眼，将眼睛里的雨水挤出来之后，再次睁眼：六个，八个猴子紧跟在车辆后面奔跑着，手里不停挥动着长剑。

他毫不犹豫地扣动了扳机，伴随着两声闷响，猴子中发出了两声悲鸣。

男子迅速再次回到邮递车里。

"打中了吗？"大弗林特看着反光镜紧张地问道。

"抓紧了！"正在这时，弗林特老二如同拉力比赛一样经过了小镇外的一个弯道。

整辆邮政车侧过身来，轮胎在湿滑的地上擦出了一片水花。

三人眼见着车辆就快要驶出道路外面掉进海里了，幸好最后弗林特

老二控制住了方向盘，并且将车头重新打直。

三人不约而同地倒向了车子的另一侧。

"呼……！"弗林特老二惊呼道，"刚才就差了一点点！"

"小鬼！你记着，以后等你长大了，我一定不会让你轻易得到驾照的！"玛拉留斯·沃尼克一边推开压在他身上的大弗林特，一边喊道，"还有你！张开眼睛！我们没死哪！"

"我的妈呀！"大弗林特惨叫着，不过当他睁开眼睛发现车辆并没有掉进海里的时候，脸上露出了一丝微笑，"你真是太棒了，弟弟！"

弗林特老二直接一脚油门踩到底，也不换档，仪表盘上的指针直接跳到了四千转以上，而事实上对于汽车发动机也一窍不通的沃尼克只顾着低头清除弹壳，并重新装弹上膛。

在准备再次探头出去大干一场之前，沃尼克深吸了一口气，将他们来到这里的经过将了一遍：当那些猴子出现在邮局前的小广场上时，弗林特兄弟提议说可以躲到邮局的后面，而在那里他们找到了这辆手动挡的邮政小货车，钥匙就直接放在仪表盘上，这时弗林特老二吹嘘说自己对于驾驶汽车很拿手，于是三人就上去发动了车辆。

而车辆的动静使得他们成为了众矢之的，小镇上所有的猴子都开始追逐三人。

基穆尔科夫小镇上四通八达的小路再加上弗林特老二有些蹩脚的驾驶技术使得邮政货车的速度始终都无法提上来，不过现在他们已经从灯塔的这个地方出了小镇，道路也变得空旷了不少，这样一来，那些猴子们就无法再跟上货车的速度了。

"看我再给它们点厉害尝尝……"沃尼克一下子从回忆里回过神来，"抓紧我，快点！"

大弗林特一言不发地按照指令执行，而燃烧者俱乐部的头目则转身

向后又开了几枪。正在这时，大弗林特看到在路上突然出现了一个奇怪的身影，背着一个硕大无比的背包，他情不自禁地松开了自己的双手，大喊道："当心！弟弟！"

当弗林特老二看到面前的身影时，两者之间的距离已经不容他多想了，男孩猛打了一把方向盘，同时错将油门当成了刹车一脚踩了下去，邮政小货车开始在路上打滑旋转了起来，并最终撞在了马路边的石头上。

弗林特兄弟几乎是连滚带爬地逃出了货车，不过看上去两人都没什么大碍，只不过弗林特老二的眉毛上似乎有一道伤口正在流血。

"他在下面！"大弗林特尖叫道，"他摔下去了！"男孩在货车撞到石头的一刹那看见燃烧者头目从窗口飞了出去。

"在那里！我看到了！"弗林特老二说。

"嗯，不过那是什么东西？"

距离两人大约二十步的距离，有两只猫，一只小狮子，还有一个背着巨大包裹的怪人，看上去已经上了年纪，而在他的身边则站着科文德兄妹的那位朋友托马索，他的肩上还坐着一只猴子。

与此同时，地上还有一个人不停地在打滚，直到最后一动不动，那人正是燃烧者俱乐部的头目。

"沃尼克先生！您还好吗？"两人赶紧跑上前去查看情况。

"你们这两个该死的家伙！"他一边说着，一边慢慢从地上爬起来，而托马索和边上的老者则搀扶着他的手臂。

"到底是谁教你们这样过马路的？嗯？"弗林特老二立刻责备道。

"你给我闭嘴！"沃尼克打断他说道，"枪！我的枪呢？"

正在这时，他们听见了一阵喧嚣声从身后的马路方向传来，众人回过头来，只见到那些猴子始终紧追不放，大约有十来只，弓着腰，四脚

并用飞快地向着他们的方向跑来，手里的剑在地上摩擦着发出嘶啦嘶啦的声音。

"哦，不！"大弗林特惊呼道，"这下我们跑不掉了！"

"快去车上！"弗林特老二喊道。

"枪！我的枪呢？"

就在众人还没来得及反应过来的时候，原本一直坐在托马索肩上的那只猴子一下子跳了下来，朝着那些猴子跑去。

"它们会把它撕成碎片的！"

"不一定！说不定它们是朋友！"

正在这时，只见那只猴子突然站起身来，趾高气昂，嘴里发出一些奇怪的声音。

而从小镇上一路跟踪而来的那些猴子一下子全部蔫了下来，变得垂头丧气。

"到底是怎么回事？"沃尼克问道，他一个踉跄差点跌倒在地。

"我也不知道……"托马索赶紧扶住燃烧者首领，"不过看上去那些猴子好像在……向着他下跪！"

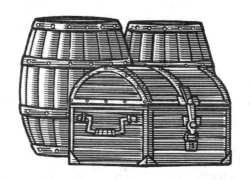

第二十一章
决斗

史宾西船长的海盗船在海浪里上下上下晃动着。

茱莉娅探头伸出牢房的门外，看看四周是否有人，然后她小心翼翼地沿着黑漆漆的过道一步一步向前走，尽量让自己不要发出任何声音。

当女孩来到一条略微宽敞一些的通道时，她听见了一些说话的声音，不过似乎距离她比较远，同时这里弥漫着一股难闻的臭味，如同大蒜混合了潮湿的毛发散发出的气味一般。女孩用手捂住自己的鼻子，开始辨别方向：自己当时应该是从左侧的那个小楼梯被那些猴子带下来的，然后沿着这条通道一直去到牢房……

女孩寻思着怎样才能够离开这艘海盗船抵达岸边：也许她可以想办

法去甲板上偷一艘救生艇……不，这样做的话实在太危险了，而且自己的哥哥杰森比较擅长划船，不然的话也许自己可以试试直接跳进水里游泳去岸边。

这时甲板上传来了史宾西船长的声音："把他带上来！"

"把……谁……带上去？"茱莉娅有些好奇。

她来到了楼梯边上，探头向外张望。

天空比刚才更亮了，同时暴风雨已经转为了有些刺骨的绵绵细雨，灰色玛丽号的甲板上点着不少火把，一股股浓密的黑烟向空中飘去。史宾西船长站在甲板上，双手叉腰，似乎在等待着什么人。

女孩的脑袋又略微伸出去了一点，她看到在距离自己不远的地方放着几个火药桶和一个木箱，然后四下看了一下，确认没有猴子在附近之后，她爬出去躲到了箱子的后面。

在这个位置，她能够看见史宾西船长和那个刚才将自己放出来的神秘女人，只见这个神秘女人戴着帽子，头朝着她的方向转了过来，女孩立刻趴到了甲板上。

"你做这种无意义的事情到底想怎样？"史宾西船长对着那个刚刚登上船的男人问道。

茱莉娅抬起头向着声音的方向望去，在认出了布莱克·沃卡诺之后，她的心里一沉。前火车站长将那块白色的床单扔到了甲板上，他看上去很累，大口喘着气。他的手臂下夹着一个小盒子。

"很高兴再次见到你……"他开口说道。

"我想我没有办法相信你，布莱克。"史宾西回答道。

"我们有好久没见了吧？"

"时间对我来说没有意义，倒是你看上去已经变成了一个老头。"

"年纪越大，见识越广。"

"我们就别绕弯了吧，你直接说重点好了。"

"我要说的很简单：赶紧停止开炮，然后离开这里。"

"没别的了？"史宾西船长冷笑着问道。

"目前来说就这些了。"布莱克·沃卡诺微笑着回答说。

"很好。"海盗头目说道，"把尤利西斯·摩尔交给我，这样我就考虑一下你的请求。"

"不如我们做一个交易吧。"

"我想你可能没有搞清楚状况，布莱克：我可不想跟你做交易，要么你把尤利西斯·摩尔交出来，不然的话我就把这个小镇的房子一幢幢全部铲平，直到他自己出来。"

"要我说来……"前火车站长继续说道，"你大概有些老糊涂了，赶紧掉头从哪里来，回哪里去吧，这样你还能保住自己的性命。"

"如果我不照做的话呢？"

"不然的话会有警察和军队赶过来，这个时代的军队不是你能够对付得了的，他们有望远镜、潜望镜、手枪和大炮，能够在几公里之外就发动攻击，到时候你恐怕根本就来不及下令让你的这些猴子们起锚逃跑了。"

"你在胡说，布莱克，而且你吹牛的水平真的很糟糕，你应该很清楚根本就没有人会来这里，而且即便有人要来，他们也根本来不及：我已经派琼度去收集情报了，有一个孩子已经在我的手上，过不了多久，我就能找到另一个孩子了，我向你保证。"

"你还是和以前一样浑蛋啊！这事和孩子们有什么关系？"布莱克生气地质问道。

"把尤利西斯·摩尔带来，我就马上放过他们。"

"那我们来赌一把吧，史宾西。"布莱克·沃卡诺将一个盒子放在了甲板上，然后一脚踢到了船长的脚边。

"这是什么？"船长伸脚挡住了盒子问道。

"我的挑战。"布莱克·沃卡诺说道，"如果我赢了的话，你就带上你的猴子船员赶紧离开这里，再也不要回来了，如果你赢了的话，我就告诉你尤利西斯·摩尔在哪里。"

史宾西船长用手里的两把枪拨开了盒子的盖子。"为什么要来挑战我呢？"他低声说，"我是不会死的，这你很清楚。"

布莱克·沃卡诺挑了挑眉毛："也许吧。"

史宾西从盒子里取出一把手枪，拿在手上掂量了一下，然后凑到眼前仔细看了看枪管，重量和制造信息。"很棒的一把枪啊……"最后他说道。

"怎么样？用尤利西斯来换你离开基穆尔科夫。"布莱克再次问道。

船长将手枪紧紧抓在了手里。"就一发。"他若有所思地说道。

"就一发！"前火车站长缓慢而又坚定地回复道。

史宾西这时突然想起了什么："谁能保证你一定知道尤利西斯·摩尔的下落呢？"

"那谁又能保证如果你输了的话会离开基穆尔科夫呢？"

"我以一个海盗的身份向你保证。"

"那我以一个火车站长的身份向你保证。"布莱克依样画葫芦说道。

雨仍然不停地下着，史宾西船长想了一会儿之后，"我还有一个问题，要是我赢了之后把你杀了，你怎么告诉我尤利西斯·摩尔在哪里？"他摸着枪柄说道。

"你可以不杀了我，然后听我把话说完。"布莱克·沃卡诺毫不妥协地说道。

"可以。"史宾西舰长回答说。

之前一直不说话的那个头戴帽子的女子这时突然站到了两人的中

间。"这和我们之前说好的不一样……"她抗议道。

"闭嘴！"史宾西挥手示意她赶紧让开。

那个女人后退了一步，然后拿下了自己的帽子，从背后望去，茱莉娅只见到一头齐肩的红色长发。

而布莱克在甲板上忽然晃了几下，表情如同见到了幽灵一样。"这……怎么可能？"他说道，"怎么……会是你？"

"是我，爸爸！"奥利维亚·牛顿回答说。

布莱克瞪大了眼睛，难以置信，他一直以为自己的女儿在寻找主钥匙的过程中被一条鲸鱼给吞掉了，据说有人最后一次见到她时她正坐在一艘由马里埃校长驾驶的摩托艇上，而从那之后便失踪了。但现在自己的女儿就站在面前，站在灰色玛丽号的甲板上，和自己一样淋着雨。

伴随着两声几乎同时响起的枪声，猴子们一下子开始躁动起来，茱莉娅只看见布莱克和奥利维亚手捂着胸口，缓缓倒在甲板上，而史宾西船长则双手拿着两把象牙色的手枪，枪口仍然冒着青烟，他立刻将手枪仍在了地上，快步走到了前火车站长的身边。

茱莉娅想要叫喊，却感觉自己的喉咙如同被堵住了一样。史宾西在布莱克的面前蹲了下来，将他翻过身来，看着这个男人的胸前鲜血不断涌出。

"告诉我他在哪里，老家伙，他躲在哪里？"

布莱克双眼紧闭，嘴唇动了几下，但是史宾西根本就没有听清他说了些什么。

"说响一点！"

"你不明白……"前火车站长伸出手去，想要抓住船长的衣服。

但是史宾西一把将他的手甩开，不耐烦地说道："快说！"

布莱克·沃卡诺的脸上露出了一丝轻蔑的微笑："我想……他……

现在……"

"在哪里！"史宾西怒吼道。

"应该……和他最……心爱的女人……在一起……"前火车站长用尽最后的力气说出了这句话。

"不要死啊！"茱莉娅心里焦急地想到。

这不是真的。

自己一定是做了一场噩梦，这一切一定不是真的！

就在距离女孩几步之遥的地方，奥利维亚艰难地向着她转过头来。"对不起……"她费力地说道，"我只是想……回家。"紧接着她用尽全身的力气大喊道："快跑，茱莉娅……快跑！你们都快跑！"

茱莉娅

　　用她的善良，细心和温柔照顾着所有人。我想，如果只是她的话，可能永远都不会打开那扇需要用四把钥匙才能打开的时光之门……

第二十二章
海妖

如果地图没有画错的话，杰森应该差不多已经到了，他自己都记不清穿过了多少距离的通道，打开了多少扇门，走了多少阶梯，四周的岩壁缝隙里流淌着略微有些温热的水流，男孩现在应该身处在萨顿山崖中的某处，同时他猜测这里应该和阿尔戈山庄时光之门后面的某一条通道相通连。那里一共有四条通道，其中的三条他们已经知道通向何处，难道最后的那一条就和这里相连接？

"我来了。"他心里有些忐忑地对自己说。

一路走来的过程中，他不停想象着彼得所制造的这个武器到底会是什么东西：一台巨大的加农炮？一部能够操纵雷电的机器？一把激光枪？一支机器人军队？或是一架隐形轰炸机？

　　虽然男孩已经有了心理准备，不过他实际见到的场景还是大大出乎了他的意料之外。

　　当他停下脚步时，他已经身处在海平面以下了。

　　这条隧道看上去十分古老，就和那条通往墨提斯号的通道一样的感觉，隧道的顶上不断有水滴下来，在地上形成一个个不规则形状的小水坑，并使地面变得十分湿滑，空气中弥漫着一股死鱼和腐烂海藻的臭味，让人简直无法呼吸。

　　之前已经有人在通道的顶上布下了一根电线，并且每隔三十米左右都安装了一盏矿灯，使得这里的视线能够得到最低限度的保障，通道的地上散落着一些古老的工具：锤子，线团，水平仪，放满各种齿轮的纸盒。

　　当转过一个直角弯道之后，在男孩的面前出现了两条分叉路，分别标上了 1 和 2 的字样。杰森注意到在一个角落里堆放着一些动物的骨头：看上去像是鸡的腿骨和翅膀，另外还有一个兔子的头骨。虽然并不是什么危险的东西，但是却让人看着有些背脊发凉。在骨头的上面放着一个木盒子，里面是一些笔记，电路图和各种技术图纸，由于年代久远，以致于上面写了些什么已经让人无法分辨了。

　　杰森随便拿了一张起来，纸张却在他的手指间瞬间化成碎片。

　　他在盒子里不停翻看着剩下的那些技术图，意外地找到了一张比较结实的纸，看起来像是尤利西斯·摩尔笔记本上撕下来的纸张。在上面，阿尔戈山庄的主人画了一座山崖和两个海妖：传说中半人半鱼，会在海中诱惑水手并引发海难的妖怪。在看到了这幅画之后，杰森似乎是明白了那些堆在那里的鸡骨的含义，也许老者是希望用鸡骨来暗示那些死去水手的骸骨。

　　在图画的下面，尤利西斯还是和往常一样，留下了一段难解的谜题：

两个守卫时刻注视着大海，

他们任性，可怕，还带着长矛，

三位好友想要面对他们，

但是却都只能赤手空拳。

杰森无须过多思考，便已经大致知道了两个守卫指的是谁，不过他现在可没有好友在身边来共同面对，所有的一切都必须依靠自己。

他选择了左侧的通道，走了进去，没多久便见到了一段阶梯，然后来到了一个小密室门口，这里的墙壁上如同覆盖了一层鱼鳞一样。

杰森刚跨过密室的门槛，便有一盏灯亮了起来。

房间的地板上镶嵌着一个个金属圆圈，就像是老式的燃气灶具一样，在这些圆圈的中间有一张椅子，固定在一个底座上。整个密室如同一个圆锥体一样，四周的墙上钉着一些铁板，向着房顶聚拢。在中间座椅边上的地板上，同时在那些金属同心圆的间隔之间，安装着八个各不相同的扳手开关，高约一米，似乎每一个开关都对应着一个圆环。房间里没有控制台，只是在墙上有一个八角形的孔，看上去应该需要一把钥匙来启动这个机关。

杰森走入了圆环之中，脚下发出了一阵齿轮转动的声音，他试着轻轻推动一根扳手开关，发现扳手是可以来回拨动的。

他仔细检查了一下头顶上聚拢的铁板、地下的同心圆和墙上铺着的如同鱼鳞一样的东西，然后走出了房间，回到了之前的分叉路口。

杰森这次选择了另一条通道，而通道前面的场景几乎相同，只不过这个密室略微小一点。

男孩靠在墙上回想着纸片上的谜题：

两个守卫注视着大海……他想到了萨顿山崖底下被称为女士高跟鞋

的两块礁石，猜想这两个密室会不会分别对应着其中的一块礁石。

"带着长矛"，长矛会不会指的是地上凸出来的扳手开关呢？

男孩目前并没有很多想法，只有一点：那就是这些同心圆和八个拉杆开关令他联想到了一个小玩具。

他从口袋里取出了那个从阿尔戈山庄的阁楼上救出来的约翰·杰斯·摩尔的八音盒，打开之后仔细看了看固定在几个同心圆上面的八艘小船的位置，然后走到了灯下，将八音盒对着灯光认真检查了一遍，便毫不费力地找到方法将其拆成了顶部和底座两个部分。

"难道真的就这样简单？"男孩心想。

他试着将其中的一半放入墙上的那个八角形的孔中去，虽然只是这样随意地尝试一下，不过却意外地发现两个之间配合得天衣无缝。

男孩突然开始犹豫了，自己现在所做的事情真的没有问题吗？他想到了之前在一些科幻电影里看到过的场景：一些军方的高管聚集在一起，每个人输入只有自己才知道的密码的一部分，然后再完成各种复杂的确认操作，最后启动了核武器……

男孩咽了口唾沫，他不认为这个房间里会有什么核弹头，不过他也不是很确定这样的操作是否会带来一些危险的结果。

男孩想了一下之后，重新将八音盒的一半塞入那个八角形的孔里，并将其推入。似乎什么都没有发生，至少暂时没有，过了几秒钟之后，墙里的那一半八音盒开始向右旋转起来，发出"咔嗒"一声，然后又是一下，接着是第三下，第四下……

八音盒慢慢开始播放起了它那柔美的音乐。

他立刻跑出了第二个房间，然后重新回到第一个房间，将手中另一半八音盒塞进了那个孔里，然后坐到了房间中央的椅子上。这里也是一样，八音盒发出一下"咔嗒"声，然后是第二下，第三下，第四下。

接着开始响起了音乐。

"很好……"男孩自言自语地说道，然后伸手抓住了距离自己最近的那个扳手，如同操作一架飞机一样将扳手向前推去，"接下来该怎么办？"

当两人听到一阵音乐的时候，机械蜘蛛如同一个真正的蜘蛛一样，攀附在深渊侧面的墙壁上。彼得·德多路士和瑞克一言不发，侧耳倾听。外面的风在两人的身边呼啸着，将机械蜘蛛的外壳吹得有些轻微晃动，像是一张轻薄的纸张一样。

"发生了什么事？"钟表发明家问道。

瑞克也同样一头雾水。

在与布莱克结束通话之后，两人绕着幻影迷宫走了一段路，直到最后来到了那个径直通向萨顿悬崖的没有屋顶的房间外。这时从机械蜘蛛的体内伸出了一些钢爪，并开始沿着深渊的墙壁慢慢向上爬。

伴随着高度的上升，瑞克的脑子里已经一片空白，他只觉得这样垂直沿着一道无尽的悬崖向上爬令自己紧张到无法思考。

在狂风略微平静下来之后，机械蜘蛛继续向上爬去，这时那阵柔和，忧郁，带有一些金属质感的音乐再次响了起来。

"这……到底是从哪里传来的？"瑞克问道。

"千万别告诉我这是真的……"彼得似乎有什么不详的预感，"快停下……"

不过耳边的音乐继续着，而且越来越响。

"不！"发明家有些激动地说道，"该死！"

他抓紧操纵杆，将蜘蛛向上爬行的速度调至最大。

"为什么会这样？我告诉他说让他等我的！他所要做的就是尽量为我争取时间！海妖还没有完全完成！我们还没法彻底控制他们！"

"海妖？"机械蜘蛛晃动得越来越厉害，瑞克抓紧扶手，尽力让自己不要撞到墙壁上，"什么是海妖？"

彼得并没有直接回答他，而是指着角落里滚来滚去的一个药品罐说道："快！那里！"

瑞克抓住罐子，直接打开盖子，却不知道要找什么，只能看着彼得。

"里面应该有一些耳塞，是红色的，能看到吗？"

瑞克立刻在药罐里翻找起来：胶囊、创可贴、纱布、不知名的药水……最后终于找到了。

"给我两个，快！你也赶紧塞上，不然就来不及了！"

"来不及……什么来不及了？"瑞克紧张地问道，同时打开耳塞的包装，取出两个之后用力塞住了自己的耳朵。

彼得应该是对他说了些什么，不过男孩什么都没有听见，他的身体随着机械蜘蛛的晃动而东碰西撞。男孩不停祈祷着自己能够安全抵达家乡——基穆尔科夫。

紧接着机械蜘蛛的身体开始剧烈震动起来。

瑞克吓得闭上了双眼。

第二十三章
起义

在见到了几个人影慢慢靠近沙滩之后，身材魁梧的黑人强度下令自己的猴子士兵们停在了救生艇的不远处。他一只手搭在了自己的弯刀上，另一只手则握住一把手枪，不知道那些人到底是谁，来这里干什么。

走在前面的是四个人，还带着一条狗，而在他们的身后则跟着第五个人，就在距离小镇最边缘几幢房子的附近。难道他们也是来商量投降的事情的？这样说来那最后的一个人有可能就是史宾西正在寻找的尤利西斯·摩尔。

当四人走近之后，强度扬了扬眉毛。

原来那不是一条狗，而是一头毛茸茸的小狮子，而四个人中的三个

看上去还是一群孩子。

这些人在距离他大约二十步的地方停下了脚步。

强度对着猴子士兵们说了些什么，不过这次猴子们并没有行动，而是全部待在原地，看着走近的另一个身影。

"它们不会再听你的话了。"四人之中最小的那个人说道，他身后的背包里似乎有什么东西在动。

"你是谁？"强度用极度低沉的声音问道。

"我是它们的朋友。"托马索回答说。

"你是来送命的吗？"

"我是来让你把所有掳走的人都放了，然后赶紧离开这里的。"

强度哈哈大笑起来，他一手撑着腰大声说道："赶紧滚开，小鬼！不然的话我的刀可不长眼睛！"

"哦，我的天哪……"四人之中年纪稍大一些的一个孩子说道。

"别说话，表哥，"他身边的人给了他一肘，说道，"让他把话说完。"

托马索在沙滩上向前走了一步说："不，要让开的人是你！现在！"

强度再次哈哈大笑起来，他的一生曾经面对过世界上最凶残的海盗，有怎么会把这几个小毛孩放在眼里呢？

"这个是你的爷爷吗？"他轻蔑地指了指沃尼克嘲笑道。

燃烧者头目一言不发，轻轻抬起手中的那把伞，向着天空喷出了一道足足五米长的火焰。强度吓了一跳，后退了一步，然后命令自己的猴子们开始进攻。

但是那些猴子们仍然一动不动，眼中充满了恐惧，看着托马索。

"我已经说过了……"托马索·拉涅利·斯特拉姆比说道。

他做了一个手势，然后从后面的第五个身影的身后冒出了一只，两只，三只，十只猴子……

强度一下子就认出了它们: 这些不就是自己的猴子船员吗?

"这……是怎么回事? "他不解地问道。

托马索脱下了自己的背包, 然后放在那头美洲狮的边上, 说: "很简单, 现在你的这些猴子由我来下命令了……"

从背包里弹出了一个毛茸茸的猴子脑袋。

"准确点说, 是它。"来自威尼斯的男孩补充道。

猴王的嘴里发出了一声长啸, 那些强度的猴子士兵们一下子转身扑向了强度, 不到几秒钟的工夫便将其制伏。

灰色玛丽号的甲板上传来了阵阵闪光。

"摩斯密码……"沃尼克先生看着船只说道。

"说了些什么? "托马索问道, 同时那些猴子已经将强度完全绑结实了。

"我怎么知道? "燃烧者头目回答说, 同时笑了笑举起手里的那把伞, "不过如果你愿意的话, 我们倒是可以回应它们。"

托马索并没有说什么, 而是转向了那些猴子士兵。

弗林特兄弟两人就站在身材魁梧的强度身边, 大弗林特对着强度的腰上就是一脚: "现在你明白这里谁说了算了吗, 大胖子? "

"你明白了吗, 嗯? "弗林特老二重复道。

"弗林特! "托马索喊道。

"怎么了? "大弗林特一下子跳了起来, 像是犯了什么严重的错误一样。

"你们两人看着他……"来自威尼斯的男孩指着大个子黑人说道。

"遵命! "两人异口同声地回答说。

"那我们呢? "燃烧者头目问道。

托马索走到了岸边的救生艇前，双手搭在船上，用力将其向海里推去，说道："我们去把那艘海盗船夺过来……"

沃尼克先生摇了摇头说："我可不觉得这是个好主意，小伙子。"

话音刚落，海岸边的沙滩开始震动起来。

"发生什么事了？"所有人不约而同地问道，同时那些猴子开始不安地躁动起来。

海水开始渐渐退去，仿佛被什么巨大的东西吸走了一样，所有人都能够听见一阵金属的声音，越来越响，在海面上回荡着。

"这到底……"托马索紧张地四下张望。

男孩身边的小美洲狮开始一步步向后退，同样那些猴子们也开始后退。"直觉"，男孩心想，"动物的直觉远比人类要灵敏"。

他看着深色的海水不停下降。

然后，突然海水开始沸腾起来。

"快跑！"他对着身边的众人喊道，"大家快跑！"

不一会儿，一个巨浪席卷而来，拍打在沙滩上，紧接着是第二个巨浪，将强度直接卷进了海里。

第一个房间里的座位抖动得越来越强烈，墙上的铁板也开始发出声响。

地上的那些金属同心圆开始转动起来，每一个的方向都不相同，带动着拉杆也开始转动，于是杰森不得不松开手。当他想要抓住另一个扳手的时候却没能够成功，差点将自己从椅子上带落下来。

"好吧，算你厉害……"男孩嘀咕着说，"那你现在可以停下了吗？听见吗？可以停下了吗？"

八音盒那原本柔和的音乐已经变成了激烈的金属摩擦声和齿轮的撞击声，地上的金属圆环飞快地转动着，而杰森根本就不知道应该怎样让

它停下。

男孩抬起头来，看到原本圆锥形的房顶也开始转动起来，如同一个巨大的钻头一样。

"哦，不，别这样！到底发生了什么？"

杰森感觉自己如同是坐在一艘巨大的宇宙飞船里一样，随时准备发射升空。而整个空间里唯一没有在转动的就是这把椅子。"怎么办，彼得？这东西怎么操纵啊？"他慌乱地喊道。

不过现在根本没有人能够听见他的声音：巨大的机械动作的声音和钻头推开四周海水的声音盖过了其他的一切。

茱莉娅立刻跑下楼梯，转进了左侧的过道，她能够清楚地听见对面有一些猴子正向着自己跑来，于是女孩在见到的第一个房间那里打开门躲了进去。

这个房间比她之前被关的那个牢房大一些，里面有一张床和一张桌子，墙上挂着一些航海图，同时有一扇舷窗能够看见外面的场景。

女孩这时的脑海里只有一个念头：赶紧逃跑。

她来到舷窗边，用手轻轻推了推，窗户似乎被什么东西卡住了。

于是女孩涌上全部力气，使劲一拉，然后再一推，终于打开了窗户。

一阵海风吹在了女孩的脸上，海浪不停拍打在船的侧舷上，天空比刚才又亮了一点，几只海鸥从萨顿悬崖那里叫喊着飞向别处。

成功了，她终于可以逃走了。

她将头伸出舷窗，然后是肩膀，而正在这时，她的身体被卡住了。"糟糕。"女孩心想。这样的话她没法通过窗口。于是她后退之后重新回到房间里，然后拉住舷窗的上沿，让自己的脚先伸出去，第一只脚，第二只脚，女孩将身体往外推，不过当穿过到腰部的时候，她再次被卡在

那里。

不行，还差一点点，女孩一定得赶紧逃离这里，于是她屏住呼吸，收紧腹部，用力向外推去。正在这时，女孩随身携带的那本莫里斯·莫洛的笔记本掉落在地上。

"该死！"茱莉娅惊呼道。她努力伸手去够，却总是差一点。"快过来！快！"她绝望地自言自语说。这时女孩面临着选择，回头还是继续朝外，是选择去拿莫里斯·莫洛的笔记本，还是选择逃离海盗船。

这本笔记本实在是太珍贵了。

她不能就这样把它留在史宾西的船上。

于是女孩再次收紧腹部，开始向船舱后退。就在她即将穿过的时候，突然皮带上方的腰部位置被什么东西给割破了。伤口很深，女孩立刻想到了破伤风，这令她感到非常不安，要知道如果破伤风感染没有得到及时救治的话，可是会令她有生命危险的。

"还差一点……"茱莉娅伸长手臂去拿笔记本，指尖几乎已经碰到了封面。

一点点……

就一口气，就一口气……

女孩腰上的伤口火辣辣的。

她吸了一口气，然后一下子全部呼出，用尽全力将手伸向笔记本……碰到了！但是并没有抓住……

这时甲板上传来了史宾西的吼声："你们还在磨蹭什么？该死的畜生！你们在想什么？"

茱莉娅咬紧牙关，她听见了海面上传来一声闷响，如同有什么沉重的东西掉进了水里，比如说是一桶朗姆酒，或者是……

有人跳进了海里。

"过来！过来这里！"史宾西气到声音都开始发抖，"你们各就各位，各就各位！"

这时一阵海浪袭来，海盗船突然向一侧倾斜过去，茱莉娅失去了平衡，跌落进了船舱内，随即海盗船向着另一侧倾斜，令茱莉娅在地上滚了几圈之后重重地撞在了船舱角落里的墙上，女孩的四周堆满了掉落下来的物品。

这时她听见了一阵脚步声，一下子便听出了是史宾西的靴子踩在地板上的声音。

女孩四下寻找着那本笔记本，但是却没有看见。糟糕了！笔记本掉到哪里去了？

脚步声越来越近，最后停在了她所在的船舱门外。

茱莉娅看了一眼仍然打开着的舷窗，然后转过头来，那本笔记本会不会掉到船舱另一侧的床底下？

也许……

也许……

"快跑！"奥利维亚·牛顿在死之前是对着她这样喊的，"大家快跑！"

这时海面上又是一个巨浪袭来，比先前的那个更加凶猛。茱莉娅只觉得天旋地转，似乎天空和海面互换了位置一样。

第二十四章
交换

"我也不知道应该从哪里说起……"在猴子村庄里，马里埃校长说道。

"比如你可以告诉我们为什么要绞死我们……"伦纳德摸着自己的手腕没好气地说道，"或者可以告诉我们那些人是谁？或者可以说说你怎么会在这里？你自己决定吧，对我们来说都一样。"

"我并不知道是你们来了这里。"校长有些哀伤地说道。相比于灯塔管理员和妻子最后一次见到校长，他已经变得快让人认不出来了：脸庞消瘦，脸颊上长满了斑点，眼窝深陷，目光空洞，声音让人感觉十分虚弱。

卡利普索喝了一口马里埃为两人准备的热饮，结果差点没有吐出来："你的意思是说，如果来的是别人的话……你会把他绞死？"

基穆尔科夫的校长无精打采地看了她一眼。"如果把你们绞死的话，就可以救出我们的两个人……"校长说道，"我知道这很卑鄙，但是……我们被这些猴子困在了这里……我，还有另外四个人。"

"你说你们被猴子困在这里是什么意思？"伦纳德问道，"为什么会这样？你所说的其他人是谁？"

马里埃校长双手抱着自己的头，不停晃动，看上去十分痛苦的样子说："我不知道！我不知道！我不知道！"

"看来是时候带你回家了，校长先生。"伦纳德·米纳索说。

"不行的。"

"不行？"

"我被诅咒了，只能够留在这里，直到它们带着美猴王回来为止！"校长绝望地张大嘴说道。

"你到底在说些什么？"

"事实就是这样，我被留在这里，用于交换它们的国王了！"

伦纳德抓住校长的肩膀，紧紧盯着他的双眼，不过可怜的马里埃校长的视线却一直在逃避，如同一个已经失志的人一样。"乌索！看着我，是我！伦纳德！我们已经认识二十年了，你还记得吗？"

马里埃缓缓地点了点头。

"你可以告诉我到底发生了什么吗？从头说起，就从那天你和奥利维亚……"

当伦纳德提到这个名字的时候，校长突然浑身颤抖了起来："是她！都是她的错！"

"嘘……把一切都告诉我，从头开始，慢慢来，我们听着呢，乌索，

没事的！"

于是乌索·马里埃开始了一段冗长而又充满了混乱，矛盾和荒谬的解释。那天，当他和奥利维亚在进入了公海之后，遭到了一群鲸鱼的攻击，那些鲸鱼看上去想要致他们于死地，其中的一头（很可能就是那头被发现搁浅在基穆尔科夫北部海岸的鲸鱼）直接将校长的那艘小船撞成了碎片，而另一头个头更大，同时有一只眼睛已经瞎了的鲸鱼将两人吞进了肚子里。不过幸运的是他们并没有死，而是借助着鲸鱼吞进肚子里的海藻和小鱼活了下来。最后这条鲸鱼在黑暗港口之一的鲸鱼墓地被当地的土著人捕获，这里的居民依靠捕猎这些巨型海洋动物为生，用它们的骨头和油脂来交换生活必需品。

于是奥利维亚和乌索就在那座荒岛上住了下来，过着原始人一样的生活，依靠着打猎和为土著人干活来维持。闲暇时候，他们会给当地人讲述自己在基穆尔科夫的生活，如同传说一样。直到有一天史宾西船长和强度出现在了那里。当时他们就两个人，也没有驾驶船只，不过他们有一个计划。

"在那个土著人村落里，他们告诉过我们，让我们不要跟着他们。"马里埃校长哽咽着说道，"他们这样说过！但是我们没有听，而是选择了和他们一起走。"

"一起走？你们去了哪里？"

"一个丛林，我们去那里寻找一个猴子部落！"乌索·马里埃说道，"强度知道应该怎么走，而且他会说那些猴子的语言。据说他是多年之前在玉之岛上学会的，而且当时是他说服了美猴王登上史宾西船长的海盗船。"

"可是这有什么关系呢，乌索？你所说的这位美猴王是谁？"

"是一个神圣的物种，拥有着不死之身，而它唯一的心愿就是到处

旅行，能够看到全世界各个地方！他时而调皮，时而乖巧！是一个善与恶的结合体！美猴王，齐天大圣，孙悟空*——这些都是他的名字。

而当猴王登上了史宾西船长的海盗船之后，便再也没有回来了……"

"等等，等等……"伦纳德打断他说，"你的意思是说你们去那里寻找那些已经失去了国王的猴子？"

"不是的！玉之岛并不是黑暗之港，至少我是这么认为的。我们去寻找的是另一个部落，伦纳德！在我们找到那个部落之后，强度用猴子的语言告诉他们自己知道猴王的下落……"

"他说的是真的吗？"

"是真的。他说猴王并没有死，而是在一个港口下了船，离开了史宾西船长，具体的时间是……是……哦，天哪，他当时说过的……我记得的，因为这件事给我留下了很深的印象……啊，对了！在1948年，因为这位猴王……希望用自己的方式去探索世界，而在它下船之后，就再也没有回来过。"

"那他有没有说过在1948年的时候猴王是在哪个港口下的船呢？"

"当然，在威尼斯。"乌索·马里埃说道。

伦纳德点了点头。要是他了解莫里斯·莫洛的故事，知道他是死于同一年，并且据说在他居住在涂鸦之屋里绘画的时候，有一只猴子一直陪伴着他的话，他一定会问一些其他问题。可惜这些他都不知道，于是只是简单地问了一句："那在此之后发生了些什么？"

"接下来的事情发展就顺理成章了：

猴子部落同意派出他们中间最强壮的雄性来帮助强度和史宾西船长找回灰色玛丽号。而为了回到基穆尔科夫，奥利维亚将自己手中的那份

---

* 名字引自吴承恩的作品《西游记》。

鲍文医生的地图交给了史宾西船长。"

"那你呢？"卡利普索问道。

"而我……和另外四个人则被作为人质留在了这里，只有等史宾西带着猴王回来的时候才能够离开。"

"那你觉得史宾西会回来吗？"书店管理员问道。

"我别无选择。"瘦骨嶙峋的前小学校长回答说。

三人聊了很久，校长告诉伦纳德和卡利普索说他们随时都可以离开，但是自己在整件事情结束之前是不能够跟他们一起走的。

夜幕降临时，校长为两人提供了一些食物和睡觉的场所，不过卡利普索拒绝了：她宁愿面对黑漆漆的树林，也不愿意留在这个有些诡异的地方：五个男人被诅咒了，等待着一艘可能永远都不会回来的船只。

"你们得想办法和我们一起逃走！"书店管理员说，"我们有船，就在离这里不远的地方。"

但是校长显得十分虚弱，根本没有力气去考虑逃跑的事情："那些猴子时刻都监视着我们！它们是不会放我们离开这个村庄的。"

事情看上去陷入了僵局：卡利普索认为应该先离开这里，而伦纳德看上去十分决绝，他甚至认为如果有必要的话，可以把这个村庄所有的猴子都杀掉。

"别这样，伦纳德……"校长对他说，"我这是为了你好。"

"我们不一样。"灯塔管理员强调说，"每个人都有自己的立场，反正我是不会就这样丢下你不管的。"

最后一行人决定现在村子里过夜，然后在第二天一早的时候再做决定。

不过，第二天一早的时候，发生了一件意外。

清晨时分，村子的中心突然扬起了一阵尘土，猴子们开始不安的躁动起来。伦纳德和卡利普索迅速走出房子查看情况。

只见一个巨大的影子遮挡住了太阳那略带咖啡色的光芒。

"那……是什么东西？"伦纳德有些难以置信地问道。

村子里的猴子们像是发了疯一样，卡利普索则紧紧抓着丈夫的手。

马里埃校长步履蹒跚地走了出来，抬头看了一眼天空，显得尤为惊恐万分。

在他们的头上，一艘双体飞船正从空中飘过，飞船上挂着为数众多的船帆，借助风力来让其在云彩中前进。

村子里的猴子们抬着头，不知所措，与此同时那艘飞船在绕着村子转了一圈之后压低船头，开始降落，并在地面上扬起了一圈圈的尘土。

"你之前有见过这样的东西吗？"卡利普索问丈夫说。

伦纳德缓缓摇了摇头，他自己从来也没有见过这种东西，不过他曾经听人说起过。

在这艘来自天空的奇特飞船的船尾处走出来一个女人，长着一头黑色的长发，戴着一根一直连接到鼻子的银色耳环，在环视了众人一周之后，她抬起手打了个招呼。

"你们之中谁才是这个村庄的首领？"女子问道。

马里埃校长向前走了一步，回答说："如果你把这个地方称为村庄的话，那么我大概可以算是这里的首领了。"

"我叫潘朵拉，是风之旅行者。"女人自我介绍说，"而这艘就是我的风暴飞艇。"

校长干咳了两声，然后回答说："我已经谁都不是了，而这里就是我被诅咒的地方，我在这里等待死亡。不管你们来这里是为了寻找什么，

我想恐怕都要让你们失望了，这里只有水和腐烂的植物。"

"我们是来寻找灰色玛丽号的。"潘朵拉说道，"史宾西船长的那艘海盗船，我们得到了消息这艘船应该就在这里附近。"

"如果是这样的话，我想您可能已经来晚了，小姐……"伦纳德抢在校长之前回答说，"史宾西船长在好几个星期之前就已经离开了这里。"

"那请问，和他在一起的是不是有一个女人？"飞船上传出了另一个声音问道。

"是的。"校长回答说，"有一个女人带着他前往基穆尔科夫了！"

"这不可能！"那个声音吃惊地说。

飞船上传出了一些机关动作的声音，随即在潘朵拉的身后出现了另外两个身影。

"这真是太令人吃惊了！"伦纳德惊呼起来，刚才他就觉得这个声音十分耳熟，"这真是太令人吃惊了！"

"尤利西斯……？"卡利普索也有些难以置信地重复道。

"伦纳德？卡利普索？"阿尔戈山庄的老园丁似乎也有些意外，"天哪，真的是你们吗？"

校长先生

　　有时候有些人会让你们觉得可有可无，让你们觉得毫无共同语言，但是当你们成长到一定阶段的时候，你们就会发现谁才是对你们的将来真正有影响的人。

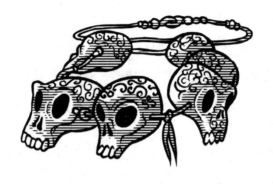

第二十五章

海妖之歌

史宾西船长骂骂咧咧地走进了自己的房间，然后用力关上了房门。他解开身上那根宽大的皮带，把它仍在了地上，然后双手抱住自己的头。

"浑蛋！"他喊道。

灰色玛丽号被又一个海浪打得来回晃动，史宾西船长几乎无法保持平衡。那些猴子们早就一个个东倒西歪了，而该死的强度又不知道在镇上的什么地方，而且，最重要的是，直到现在他还没有把尤利西斯·摩尔给带来。

他坐到了桌子边，整理起自己的航海笔记和航海图，时间已经不多了，他必须抓紧。

史宾西转身在镜子里见到了自己的脸：眼窝深陷，一脸疲惫，由于长时间在黑暗海域航行，他的皮肤变得苍白无比。

"现在该怎么办，史宾西？"他对着镜子里的自己问道，"现在这些猴子船员该怎么办？"

他自己也不知道，在大海突然变脸之后，船长明显感觉到了这些猴子船员们的恐惧。史宾西刚才已经查看了气压表，航海月历和航海资料，想要弄清楚这突如其来的海浪到底是怎么回事。海啸？漩涡？还是暴风雨来临之前的征兆？

该死的猴子，该死的强度，正是他提出了这么一个去招募猴子船员的荒唐计划，而自己，又为什么会选择再次相信他呢？

在此之前他们已经有过一次让一只猴子上船了，够了，这种经历一次就够了！

突如其来的巨浪是他来这里之前所没有想到的，也许这是一个信号：暗示着他应该远离这个地方了。

他有些愤怒地回想起了布莱克·沃卡诺的最后几句话："尤利西斯·摩尔正和他所爱的女人在一起……"

"所以他已经死了……"史宾西耸了耸肩说道。

伴随着一阵晃动，灰色玛丽号的船锚开始慢慢被拉起。

巨浪仍然不停拍打过来，海盗船渐渐移动起来。

"死亡"。这个词似乎和他没有什么关系。

所有的男人都会死亡，所有的女人也是，包括史宾西曾经爱过的那些女人。

直到这时，他才注意到船舱里乱七八糟的状况。他从地上捡起了一个银色的画框，并将其放在桌子上，画上是史宾西抱着一个小女孩的样子：那个小女孩的名字叫索菲娅，他可爱的索菲娅。

这时舰长的脸突然沉了下来，原本的微笑变成了狰狞的表情，他将画框猛地扔向角落，吼道："为什么？为什么他们要把你从我的身边带走？"

画框掉在了地上，在不远处有一本黑色封面的笔记本。

史宾西看了一眼笔记本，感到有些陌生。

他捡起来之后打开了本子。

一股怒火油然而生。

莫里斯·莫洛的笔记本上出现了另一个人物，而这个位置原本应该是茉莉娅出现的位置。

安妮塔·布鲁姆将一只手放了上去，她似乎在什么地方见到过画上的这个人：一个年轻的小胡子，身穿一身水手服，头上戴着一顶帽子，上面绣着一个金色的船锚。

他就是史宾西船长，这幅画像曾经在塞西·德·布里格斯的小说插画中出现过。

"这怎么可能……"

"莫洛！"史宾西船长拿着笔记本走出了房间。莫里斯·莫洛的书怎么会出现在这里？正是他和尤利西斯一起将自己的女儿带走了。

灰色玛丽号在海浪中不停地上下摇摆着，史宾西知道自己留在房间里也是浪费时间，他必须赶紧回到甲板上。对于风浪他倒不是很担心：毕竟更猛烈的暴风雨他都曾经面对过，只不过在这样一个被包围起来的海湾里突然出现这种程度的海浪确实是一件非常奇怪的事情。

他快速翻开笔记本，几乎无意识地将手放在了一幅手拿着一把钥匙的小女孩的画像上，这个女孩有种说不出的感觉，让他联想到了索菲娅。

"是你吗？"一个声音突然在他的脑海中响起。

史宾西船长的手一下子缩了回来。海盗船在风浪中摇摆着，不过船长却保持着平衡，完全不在意外面的情况。

他再次将手放到了笔记本上，然后低声说："索菲娅？"

燃烧者们驾驶的那辆车的后座上，安妮塔·布鲁姆的心跳得飞快，她将手抬离笔记本，然后看着自己的同伴说："他以为我是……索菲娅！"

皮雷斯凑了过来，看了一眼笔记本上的那幅画像。

"事实上，这就是他脑子里所想的……"管家说道。

"那我该怎么办？"

"让他继续相信这一点……"

"爸爸？"笔记本里的那个人像回答说。

"索菲娅？不会真的是你吧……"史宾西船长脸上的表情一瞬间变了几次，从犹豫到确定，再从确定到疑惑。

"是我，你的女儿啊。"

"你……你在哪里？你……怎么会还活着？"

"我就在这里……在这本书里，我就活在这里。"

史宾西根本无暇细想，会不会他的宝贝女儿还活着？就这样在这本……笔记本中得到了永生？

"你呢，爸爸？你还……活着吗？"

海盗勉强挤出了一丝笑容。"我当然还活着……"他摸了摸脖子上的猴子头骨项链说，"难道你忘记了我有这串项链了吗？就是猴王给我的那根，十三个头骨……也就是说我在死亡之前有十三条生命。"

"你现在在哪里？"

"基穆尔科夫。我来为你报仇了！"

"为我报仇，爸爸？可是我不想要任何报仇！"

"不可能！因为我要为你报仇！你……他们把你绑架走，把你从我的身边夺走……那些浑蛋！我已经找到了他们，我已经惩罚了他们！一个接着一个！所有和我作对的人都将受到惩罚！所有和史宾西船长作对的人！"

"爸爸……并没有任何人绑架我。"

"你胡说！"

"我是自己离开的！"

"你说谎！"海盗在不停晃动的船上大喊道。

"赶紧住手吧，爸爸！仇恨不能解决任何问题。"

不解决任何问题。

史宾西船长的脑海里突然闪过了一幕幕的画面。

多年以来的跟踪，仇恨，杀戮。

只是为了复仇，他要摩尔家族付出代价，永远不得安宁。难道多年以来的战斗，到最后，不能够解决任何问题？

船长靠在了灰色玛丽号的船舱墙壁上，这艘船可是他费了好大力气才找回来的。他回想起了自己被困在荒岛上的经历，回想起了自己是怎样逃脱的，回想起了自己去了威尼斯寻找珀涅罗珀·摩尔以及最后在幻影迷宫找到她并将其绑架走的场景，他将珀涅罗珀带到了扁舟之乡，想要逼迫她交出记载着通往基穆尔科夫航线的地图，然后最终将其杀害。

这一切到底是为了什么？

为了得到什么？

"索菲娅！"史宾西船长大喊着将莫里斯·莫洛的笔记本扔开。

一瞬间他感到整个身体都被掏空，他闭上双眼，感受着海盗船在海浪下摇摇欲坠，感受着那串骷髅项链在脖子上来回晃动。

然后他重新睁开双眼。

一只苍白的小手正紧紧抓着他那串神奇的项链。

"你想要干什么？"他对着眼前的女孩问道。

"你还记得我吗？"女孩反问道。

茱莉娅·科文德，当然，她是尤利西斯·摩尔的继承者，可是她不是应该被关在船舱另一边的牢房里吗？

怎么会出现在这里？手里还拽着自己的项链？

这一瞬间，所有的一切，甲板、船舱、笔记本、灰色玛丽号、海湾、悬崖、小镇和尤利西斯·摩尔似乎都在离他远去。

他听见海上传来了一阵旋律，甜美而又悠扬，如同是一个让人无法抗拒的召唤，来自远方。

"你也听见了吗？"他转头问紧紧拽着项链的女孩，"你知道这是什么吗？"

史宾西船长很清楚，虽然在此之前的旅行中，他从来没有亲自听见过，但是他知道那个旋律是什么。海盗的本能告诉他这歌声很危险，正如同他即便没有罗盘也能够凭借本能知道北方在哪里一样。这种本能是每一个向他一样出色的水手都应该具备的。

"这是海妖之歌……"他自言自语说道。

"再见了，史宾西先生！"茱莉娅·科文德回答说。

同时猛地一下拽断了他的项链。

第二十六章
海之法则

第一次突如其来的震动令菲尼克斯神父跌倒在地。当他站起身来之后，迅速跑向"奥林匹亚"房间。当他一进入房间之后，就看见"女士的高跟鞋"下面快速闪烁着两盏红灯。

避难所里回荡着人群受惊的叫喊声。通道顶部的照明灯开始忽明忽暗，同时通风系统的风扇也开始时断时续。

"你在做什么，杰森？"菲尼克斯神父盯着基穆尔科夫的塑料模型自言自语说。

很快，避难所里发生了第二次更猛烈的晃动，小镇的居民们发出不安的尖叫声。

菲尼克斯神父来到了"奥林匹亚"房间的控制台前：直觉告诉他此

时应该做些什么，但是他却完全不知道从哪里下手。他感到自己像是被困在了一个随时随地可能爆炸的高压锅里。这时，通过监控摄像头，他看见小镇外的大海如同发了狂一样，沙滩边的海水已经退去，同时在萨顿悬崖的下面形成了一个巨大的漩涡，五六米高的海浪不停拍打着礁石。那艘黑帆海盗船正被海浪推向岩石。

伴随着两次震动而发出的旋律开始变得越来越高亢，菲尼克斯神父不得不捂住自己的耳朵，房间里的监视器屏幕一个个地被震碎，玻璃碎片和电器元件掉落一地。在小镇的塑料模型上，这时所有的红灯全都闪烁起来，同时地板上和墙壁缝隙中开始有烟冒了出来，避难通道里的水管爆裂开来，滚烫的水柱喷涌而出。

"这下完了！"菲尼克斯神父绝望地叹息道。通道里到处都是村民们的尖叫声，神父想要回到他们中间，但是却再次跌倒在地。

"你可真是不靠谱！"一个声音对着他喊道，同时一双手伸过来将他扶了起来。

"你？"神父看清楚对方之后发现那人正冲着自己微笑，"你在这里干什么？"

"我得想办法拯救这个小镇啊！"彼得·德多路士说着，拿过一把椅子，插入了控制台中，"过来帮我一下！我们得在海妖摧毁整个基穆尔科夫之前切断所有的系统！"

这里如同是在一场龙卷风的中心位置。

四周的拉杆开关就在距离座椅几厘米的地方迅速转动着，圆锥形的房顶开始转动起来，如同一个钻头一样。杰森使劲抓住座椅，努力让自己不要掉下去，在这种速度之下，如果被甩出去的话怕是一下子就要粉身碎骨了。

不仅如此，房间里充斥着一个可怕的声音，每一分每一秒都在变得更加尖锐，令人难以忍受。

"杰森！"

男孩已经快要到达自己的极限了。

"杰森！"

直到第三声还是第四声的时候男孩才意识到有人在门口呼唤他。

他强忍着晕眩，转过头来。

当他见到门口的那个人时，一瞬间还以为自己产生了幻觉。

"瑞克！"他难以置信地喊出声来。

他的那位红头发小伙伴正在对着他喊着什么，同时指着房间里，重复着同一句话，但是杰森却什么都听不见。他到底要说什么？他到底想要自己怎么做？

完全不明白。

他仔细喊着小伙伴的动作。

"你要我取下八音盒？"男孩问道，"八音盒？"

瑞克在门外点了点头。

但这根本没可能，杰森根本做不到。在他的身边，八个拉杆开关飞速转动着，而且方向各不相同，如果男孩伸手想要取下八音盒的话，他一定会被切割成碎片的。

"我做不到！"杰森绝望地喊道。

这时，瑞克示意他稍等一下，然后指了指自己的身后，点了点头。

等一下，有什么东西在瑞克的身后，你一定可以的……

他到底想表达什么意思？

四周的噪声让他根本没办法思考，男孩如同深陷在大海的巨浪之中，只觉得恶心想吐。

他对着瑞克点了点头，尽管实际上他什么都没弄明白，而瑞克很快消失在了门后。

杰森抬头看了一眼，又看了一眼前方，然后看了一眼门口。什么都没有发生。

等一下，有什么东西在瑞克的身后，你一定可以的……

杰森没法离开座位，没法移动，什么都做不了，那些开关，那些长矛，所谓的海之守卫……

突然，他的耳朵里传来了一阵嘎吱嘎吱的声响，整个房间里的那种噪声一下子轻了下来，头顶上的圆锥开始减速，四周的拉杆也开始缓缓变慢。

瑞克一定做了什么，他在离开之后一定做了什么。这里的一切都像是被踩了刹车一样，所有的东西都在发出嘎吱嘎吱的声音，不知道这种情况还能持续多久。

你一定可以的……

杰森从座位上跳了下来，三步并作两步穿过了缓慢运行的拉杆开关，这种感觉就好像是行走在一条随时都会断裂的钢丝绳上一样。

他来到了房间的墙壁边，抓住八音盒，将其拔了出来。

伴随着一声巨响，男孩头顶上的石块开始断裂，整个房间开始颤抖起来，杰森听见石头，木头和钢铁开裂的声音此起彼伏。

他踉踉跄跄地跑到门边，最后跌倒在了门外。

"杰森！"瑞克在昏暗的通道里喊道。

杰森站起身来，摇摇晃晃地走到了小伙伴的面前，紧紧地抱住了他。

"快！我们得赶紧离开这里！"

两人来不及说其他的话，从房顶上涌进通道里的水开始越来越多。

两人一前一后向着外部跑去，地面上十分湿滑，当一个人跌倒的时

候，另一个人会迅速将其挽扶起来。

他们在黑暗中奔跑，毫不犹豫，没有任何东西能够阻挡他们，哪怕是大海的力量。

他们是杰森和瑞克，两个永不分离的好伙伴。

他们就这样一步不停地在这个地下迷宫向前跑着，完全依靠直觉来辨别方向，海水在两人的身后紧紧追赶着……正在这时，他们似乎看见了一线光亮，于是便顺着光亮跑去，最后出现在了萨顿悬崖的下方，距离海面大约十米的地方。两人脚下的海水疯狂地拍打着礁石，飞溅起白色的浪花。

他们刚才看见的光亮来自天空中的太阳，在经历了一晚的暴风雨之后，早晨的太阳终于从厚厚的云层中露出了脸。基穆尔科夫灯塔上的灯光在海湾的另一侧不停旋转着。

两个男孩坐在地上，相互倚靠，疲惫不堪，大口地喘着气。基穆尔科夫沙滩上的海水已经完全退去，如同被"女士的高跟鞋"吸走了一样。

而两块礁石下则形成了一个巨大的漩涡，将周围的一切包括史宾西船长的海盗船一起往里吸去。

海盗船受到漩涡的吸引力，一下子撞在了较大的那块礁石上，并在船体上留下了一个肉眼明显能够看见的大洞，船上的东西不停被带出船外：行李箱、大炮、金币、食物、酒桶、家具……凡是灰色玛丽号船舱里有的东西都在不停地掉出来。另外在水面上还漂浮着其他一些东西：救生艇、绳子、船桨、破碎的船帆，还有……猴子，好几只猴子拼命向岸边游去。

海盗船这时被卡在了礁石之间，看上去马上就会断成两截一样，每一块木板，每一个铆钉，每一个螺栓都在不停抖动着，仿佛灰色玛丽号

正由于疼痛而不停呻吟着一样。

"当心!"瑞克猛地一下将小伙伴拉向自己。

两人休息的这个石头平台边缘部分突然开裂之后,两大块石头掉进了水里,发出了一声闷响。

两人小心翼翼地走到了平台边缘,探头向下望去,被眼前的景象所惊呆了:只见从萨顿山崖底部的白色岩石缝隙中喷涌而出大群萤火虫,直冲天空。

这些昆虫在空中聚集到了一起形成了一个扇面,几乎遮挡住了太阳,然后不约而同地冲向已经快要断开的灰色玛丽号。

"不要啊!"瑞克的视线跟随着那群昆虫,随后突然叫喊道,"茱莉娅!"

女孩这时出现在了已经十分倾斜的甲板上,她顺着甲板滑到了船的边缘,然后看了一眼脚下波涛汹涌的海面。

"跳下去!快点!"杰森对着她喊道。

可是在两块如同高跟鞋跟的礁石下面,海水所形成的漩涡仍然高速转动着,并将周围的一切卷入其中。

杰森的余光看见一个身影从自己的身边闪过,他伸出手准备抓住对方,但为时已晚。"瑞克!"当男孩喊出来的时候,他的小伙伴已经一头扎进了海里。

海水从四面八方涌进来,整个船舱的一半已经完全被淹了。

史宾西船长扶着已经断裂的桅杆下半部分,他感到自己的力量正在消失,只能一步一格地慢慢登上扶梯。

灰色玛丽号正在下沉。

而死亡距离他也越来越近。

在巨大的海浪面前，他能够感觉到自己的海盗船已经快要撑不住了，他能够听见海浪撞击礁石发出的巨大声响，也能够感受到阳光照在皮肤上的一丝温暖。

史宾西跌倒在地，他想要站起来，却再次滑倒，无助的挣扎正在消耗着他已经不多的力气。他感觉到了自己的衰老，仿佛每一次心脏的跳动都会让他增加一岁，船长变得越来越虚弱，越来越虚弱，他那张青春永驻的脸上开始出现了一条条皱纹，头发一点点变白，然后开始掉落，长年以来各种已经愈合的伤口都崩了开来，同时骨头也开始断裂……

但是史宾西船长仍然费力地在甲板上向前爬着。

他曾经无数次想象过自己的死亡，但是却不曾料到最终自己的生命会被一个小女孩终结。

小女孩……也许这就是他唯一的弱点。

他问自己为什么没有反抗，当小女孩出现在自己面前的时候，为什么没有掏出自己身上藏着的浸毒匕首反击。

但是这个问题似乎并没有答案，又或者他已经知道了答案，只不过不想去直面而已，反正现在这一切都已经不再重要。

伴随着惊涛骇浪，猴子水手们疯狂的叫声和木板的断裂声，史宾西船长爬到了船舵前。

"到了……"他自言自语说，此时他那干瘪的嘴巴里已经一颗牙齿都不剩了。

不过他仍然顽强地站了起来，挺直了腰杆，紧紧地握住灰色玛丽号的方向舵，如同一位真正的船长一样。

四周的海浪猛烈地拍打着礁石，他用尽最后的力气对着大海喊道："我要让你们瞧瞧一位真正的船长是如何面对死亡的！"

结束了，一切都结束了！

　　这时，他突然想起了一件事情，船长伸手从口袋里掏出了一枚硬币，这是在几个世纪之前，当他第一次进入黑暗之港的时候，幻影迷宫的工作人员交给他的东西。

　　"啊哈！"他看着硬币突然开始大笑起来，"看来你们都弄错了！"

　　这个发现似乎给了他额外的力气，令他明白并非所有的事情都是早已注定的，毕竟，每一个人都有自己选择死亡方式的权利。

　　史宾西船长将这枚一面印着自己头像，另一面印着尤利西斯·摩尔头像的硬币扔进了大海里。在一阵可怕的笑声中，他和他心爱的灰色玛丽号一同被海浪吞没。

第二十七章
随风而去

茱莉娅感到自己被海水所包围，四面八方的水压将她推向不知何处。女孩想要重新找回平衡，在水里游泳，但是水流的力量太强了，她的衣服被撑了起来，骨头发出被挤压之后的声响，早晨的阳光被海底的漆黑所替代。

"不！"她坚定地摇了摇头，她可不想在自己家门口的礁石之间淹死。她曾经在这里无数次游泳过，她曾经害怕过这里的海浪，同时她也在这里玩过海藻，抓过贝壳，看过海里的小动物。

"不行！"她不能就这样死掉，她不应该就这样简单地死掉。

在她听见史宾西船长对着莫里斯·莫洛的笔记本道出自己那串项链的秘密之后，女孩终于鼓足了勇气冲上前去扯断了那串猴子头骨项链，

随后，她亲眼见到了船长如同一具干尸一样在阳光下开始逐渐凋零。

在女孩跑开之后，整艘海盗船被海浪托起，并撞到了礁石上，发出一声巨响。茱莉娅被甩了出去，摔在石头上，她根本不知道这里是什么地方，只听见四周海浪冲击礁石的声音震耳欲聋，同时身边的一块石头裂开并掉进了海里。

她整个人都有些糊涂了：海盗船，大海，悬崖，断裂的石块。

女孩本能地望向甲板，想要寻找布莱克和奥利维亚的尸体，但是这两人早就已经不见了踪影。

不知不觉之间，女孩再次落入了海里，这次似乎有某种力量将她用力向下拽，想要将她拉进一个幽静的深渊，那里没有花朵，没有草地，没有她所喜欢的"雏菊的花环和红色的鲜花"*。

但是她不能就这样放弃：如果放弃的话她就再也见不到自己的哥哥和父母了，她就再也无法拥抱瑞克了。

于是她开始和水流抗争，尽管她的力量看上去如此微不足道。女孩脱掉鞋子和衣服，任由冰冷刺骨的海水直接触碰到自己的皮肤。海水进入了女孩的鼻子里，耳朵里，嘴里，喉咙里和肺里，但是茱莉娅完全顾不上这些，她竭尽全力挥动双手。

她想要活下去。

女孩不停将水向后划，有那么一瞬间，她甚至觉得自己快要成功了，她感到自己几乎战胜了水流，征服了萨顿山崖，她似乎看见了那透过海面照射下来的微弱阳光。她就要成功了！

但是正当她张开眼睛准备拥抱自由的时候，突然一股强大的力量从她的脚下将她向下拽去。茱莉娅想要呼救，但是却没有足够的气息这么做。

---

* 威廉·莎士比亚《哈姆雷特》第四章第七幕，奥菲利亚之死——恩纳迪 1994。

所有的话语最终只是化成了几个气泡从女孩的嘴里吐了出来。她张开双手挥动着，想要抓住一切能够抓住的东西。

但是她的四周只有海水，冰冷的海水。

只有海水……和……

一只手。

一只手抓住了她的手腕。

然后抓住了她的手臂，同时另一只手搂住了她的腰。

原来死亡的时候是这种感觉，原来死亡的时候是能够感觉到被人温柔地拖入黑暗之中。

茱莉娅尝试着挣脱这双手，她闭上双眼，任由自己被海水包围起来。突然，她感觉到自己身边的海水都消失了，而且身体的下面，脚底下碰到了什么坚硬的东西。

是沙子。

还有空气！

她听见了海鸥的叫声、教堂的钟声、消防车的警铃声，以及海浪拍打沙滩的声音。有一双手正在抚摩自己的头发，并不断轻轻拍打着自己的脸，同时一个声音……是瑞克……是瑞克的声音，正在对着她说道："茱莉娅？你能听见我说话吗？茱莉娅？你能听见吗？求你了，茱莉娅，快醒醒！快醒醒！"

女孩感到男孩正在挤压着自己的胸口，然后瑞克捏住自己的鼻子，嘴唇贴住自己的嘴唇，将空气吹进了自己的嘴里：瑞克正在帮助自己做人工呼吸……

一阵咳嗽……

又是一阵咳嗽。

女孩的眼睛仍然闭着，只听见瑞克在她的耳边温柔地说道："你还

活着！我就知道你还活着！我就知道，亲爱的！"

女孩睁开双眼，她的眼睛里充满了咸咸的海水，但是她仍然能够看见，那一头红色的头发，乱糟糟地耷拉在额头上。

是他。

是她的瑞克。

女孩想要拥抱瑞克，但是她却连抬起手的力气都没有了，不过幸好瑞克可以。在女孩还在咳嗽的时候，男孩一把将她抱住。

在这样不知道保持了多久之后，女孩终于开口问道："发生什么事情了？"

"没事。"瑞克轻抚着女孩的头发回答说，"一切都过去了。"

茱莉娅再次闭上双眼，感受着另一个男孩所带给她的安全感。

"我爱你，茱莉娅·科文德。"瑞克在女孩的耳边轻声说道。

"我也是，瑞克·班纳。"

一辆汽车停在了灯塔的院子里，玛拉留斯·沃尼克背对着一行人：他站在海边，望着波涛汹涌的大海。

"老大！"

"我们来了！"

"情况如何了？"

不过首领连头都没有回。

一行人来到了他的身后，灯塔上的探照灯在他们头顶上二十米的地方缓缓旋转着。沃尼克认出了这些人的声音：安妮塔、剪刀兄弟、艾克、格林威治的几个伙计，还有一些其他人，甚至连皮雷斯也来了。

"基本上来说，我想你们来得太晚了……"燃烧者俱乐部的首领指着萨顿悬崖说道，在那里飞舞着一大群萤火虫，如同一朵乌云一般，不

过在阳光的照射下，这些萤火虫很快便一个个地熄灭了。

"我们已经尽全力赶来了！"

"这样看来，以后单单告诉你们'尽快赶来'还不够。"玛拉留斯·沃尼克回答说。

所有人都停了下来，看着大海。伦纳德的那匹马似乎还没有从惊吓中缓过神来，不停地用嘴摩擦着地面，弗林特兄弟背靠着红白相间的灯塔坐在地上，托马索坐在一块大石头上，他的那只小美洲狮就蹲在身边静静地一动不动，而扎冯终于将他那个巨大的包裹放到了地上。

"它是从那道裂缝里出来的……"玛拉留斯·沃尼克指着阿尔戈山庄所在山崖脚下的那道裂缝说道。

安妮塔用手掌挡住阳光，只见到在海面上伴随着风漂着一艘船。"是谁在驾驶那艘船？"她嘀咕着问道。

"没有人。"卷毛回答说。

阿尔戈山庄下的那艘传说中的船只——墨提斯号，此刻正扬着帆驶向深海，而在船舵的位置则一个人都没有。

所有人都看着这艘船远去，直到它变成了一个小黑点。

并最终消失在了海平面上。

瑞克

　　在我一见到他的时候，就被他眼睛里所发出的热情的光芒所吸引。我以为他会是一个固执的人，没想到他这种热情是与生俱来的性格。

第二十八章
最后一次旅行

当睡不醒的弗莱德和尤利西斯·摩尔的译者来到镇上的时候，一切似乎都已经差不多结束了。

两人由于没有买到热那亚直飞伦敦的机票，因此绕了好大一个圈子，在先到达蔚蓝海岸之后*，他们坐上了前往首都巴黎的列车，然后在那里他们又租了一辆车，一直开到诺曼底，并在瑟堡**登上了渡轮。在这个漫长的旅程中，弗莱德已经读完了塞西·德·布里格斯所有的小说，并下定决心一定要尽快向卡利普索订购他所缺的唯一一本——第

---

*　法国东南部著名的度假胜地，整个海岸线贯穿了尼斯、夏纳、摩纳哥等城市。
**　法国北部港口。

十一册。

所以当他最终抵达小镇后发现书店已经不复存在的时候，弗莱德感到无比失望。

而且，更为不幸的是，他们刚到达这里，就听说小镇上已经开始准备一场葬礼了。

等等，在谈论这场几乎整个基穆尔科夫都会参加的葬礼之前，让我们先后退一步……

当茱莉娅·科文德回到了阿尔戈山庄之后，她总觉得似乎有什么地方不对劲，事实上，这种感觉并非是她先发现的，而是瑞克。

当两人进入到山庄里面想要整理一下那些在经历了灰色玛丽号的炮击之后仍然完好的物品时，他们找到了那尊捕鱼者的雕像。从他们第一天来到山庄开始，这尊雕像就一直坐落在客厅里，虽然其间雕像曾经跌倒过，有些损坏，不过整体而言，它还是非常美丽。

"你知道这座雕像让我想起了谁吗？"瑞克一边帮着茱莉娅扶起雕像，一边说道。

不知道为什么，女孩只觉得背后一凉："不知道，你想起谁了？"

瑞克说出了一个名字，而茱莉娅立刻明白了史宾西船长对她说了谎话。

她跑出了阿尔戈山庄，直奔伦纳德·米纳索管理的灯塔，在那里有着可以和虚幻旅行地通讯的电台。剩下的事情仍然在有条不紊地进行着：在众人相互沟通了情况之后，彼得·德多路士乘坐着他自己的热气球，下降到幻影迷宫里去寻找随着鲍文医生一同掉落下去的主钥匙，剪刀兄弟将他们在伦敦找到的黑色船帆交还给了主人，随后瑞克、杰森、茱莉娅、安妮塔和托马索聚在一起，为取回了不死项链的猴子国王送行。在国王回到了沼泽地之后，乌索·马里埃和其他四个人身上的诅咒也顺

利解除了，校长先生甚至还说服这四人来基穆尔科夫生活，顺便可以在晚上到风之旅店演奏。

黑色的船帆被安装在了潘朵拉的风暴飞艇上。

这样一来，这些旅行者们终于得以离开黑暗之港，而他们之后的第一个目的地就是扁舟之乡。

曼弗雷德捶了捶自己酸痛的背脊。"今天我们做了几个发型？"他问格温达琳。

他的女友正在小店的门口和最后的客人道别，于是曼弗雷德也不再追问。

他自言自语说："太多了……"确实太多了。

两人这些天来忙得不可开交。他们的美发店在埃及女性中受到了极大的欢迎，各种剪发，美甲和源于十九世纪的美容项目预约络绎不绝。

自从两人离开基穆尔科夫来到了红海边定居之后，他们在这里坐起了美发的生意，没过多久，他们用赚到的钱在沙滩边买了一幢漂亮的房子，家里雇用了不下二十位用人。对此，曼弗雷德感到甚是满意。

也许在这里的生活还缺少一些娱乐活动，不过总体来说还是相当不错的。格温达琳平时总喜欢收集一些埃及古文字的书卷，并且在睡觉之前阅读，而曼弗雷德则由于没有体育新闻，所以转而爱上了海边垂钓。

而这正是曼弗雷德急着赶回家想要做的事情，正在和格温达琳道别的是他们这里最难伺候的客人：大法老斯科利巴的助手，也是扁舟之乡里影响力最大的人物之一，她主要分管各种书籍卷轴的管理工作。

"她已经走了！"当这位客人走远之后，格温达琳长舒了一口气，"啊，她实在是太热情了！"

"难怪每次你们一聊天就停不下来。"

"我能怎么办？我和她感觉特别投机！又都是身在他乡！"

"好吧！"曼弗雷德心想道，"现在她该劝说我回家了，要不又该对我唠叨那些女人的话题了。"

他拨开了门口的珍珠垂帘，望向远方的沙漠，这时他注意到天空中有一个黑点正在慢慢飞向这里，直到靠近之后，他才认出这原来是一艘飞船，上面张开一张全黑的船帆。

"嗨，格温……"曼弗雷德喊道，"你过来看一下。"

内斯特等不及风暴飞艇完全停稳，便打开舱门，利用他那条健康的腿跳下了飞船。他拨开聚集在飞船周围，前来围观潘朵拉飞船的好奇的人群。

当老者看见宫殿四周高耸的围墙时，他的心跳开始加速。泊涅罗珀到底会不会在这里？

一切真的会如此顺利吗？

茱莉娅的说法其实还有许多值得推敲的地方：因为这完全是那个满嘴跑火车的史宾西的一面之词，他说他带珀涅罗珀来到扁舟之乡，为了逼迫她交出通往基穆尔科夫的地图，而这张地图也就是多年之后杰森和瑞克找到之后被奥利维亚抢走并引发了后来一系列事件的那张地图。

史宾西确定已经将泊涅罗珀杀害了，并且一把火烧掉了整个藏书馆，而也正是这一点引起了茱莉娅的注意：因为瑞克和杰森在几年前曾经听遗忘地图商店的老板亲口讲过他对于失火的事情感到十分自责，另外，据说那位大法老斯科利巴的助手在这场火灾之后失去了记忆。

这是茱莉娅所知道的情况。

而瑞克则告诉他说自己在阿尔戈山庄见到的那尊捕鱼者雕像（事实上是以珀涅罗珀为原型而雕刻的），看上去十分像这位大法老斯科利巴

的助手。要是真如传说所言，这位女士失去了记忆的话，也许她已经忘记了自己叫珀涅罗珀，也忘记了要回家的事情。

"也许，她把我也忘记了……"这一想法已经不止一次地出现在了老者的脑海里。不过这又有什么关系呢？只要还有一丝希望能够见到珀涅罗珀……他都愿意付出任何代价。

他一瘸一拐地走向自己熟知的皇宫。他自己也已经作为助手而被记录在案（尽管杰森和瑞克告诉他说有人已经想办法要抹去他的行踪……也许那个人就是珀涅罗珀），同时他曾经为藏书室捐献过许多重要的文献和卷轴。

在这里，许多人都知道他的名字：尤利西斯·摩尔，墨提斯号的船长。不过现在墨提斯号已经不在了，他又该如何解释呢？

他曾经想过要向大法老斯科利巴解释关于助手的事情，可遗憾的是大法老几乎从来不在藏书室露面。

周围不断有孩子们跑向潘朵拉的飞艇，老者慢慢地走到了宫殿的门口，突然他停下了脚步，就如同已经预料到有个人会出现一样。

他转过身来，面对着主马路。

珀涅罗珀就站在那里，距离他紧紧几步之遥，她和其他人一样，望着那艘从天而降的黑帆飞艇。

尤利西斯·摩尔用手紧紧压住自己的嘴唇，一句话也说不出来，眼眶瞬间湿润了，他一动不动，仿佛所有的力气在一瞬间都消失不见了。

十年了，已经过去十年了。

老者记得很清楚。

珀涅罗珀的样子他永远都不会忘记。

时光在她的脸上刻下了细细的皱纹，并将其两鬓染白，一头长发如同金色的朝霞一样散落在肩膀上。

　　她身穿着一袭白色的麻布长袍，在沙漠的热风下轻柔地勾勒出依然曼妙的身材。

　　老者根本不敢相信，他不敢相信这种幸福会来得如此突然。

　　他该说些什么？他需要重新介绍自己吗？要是珀涅罗珀不记得自己的话该怎么办？

　　尤利西斯没有答案。

　　他伸手进口袋，取出一个八角形的八音盒。

　　然后缓缓将其打开，八音盒演奏起了轻柔的音乐。这段音乐曾经在阿尔戈山庄伴随两人共同度过无数个漫漫长夜。

　　珀涅罗珀似乎并没有马上听见这个曲调。

　　周围的人群十分嘈杂。不过随即，女士缓缓转过头来，在她的脸上露出了一丝惊奇的表情。

　　她的目光跟随着音乐，很快聚焦到了一位手持着八音盒的老者身上。

　　这个八音盒，这位老者，这双眼睛。

　　珀涅罗珀对着他笑了笑。

　　"尤利西斯……"她轻声说道。

　　"珀涅罗珀……"老者回应道。

　　沙漠里瞬间充满了世界上最美妙的香味……

珀涅罗珀

　　世界上如果存在着永恒的话，那么对于她的回忆就是。如果没有她的话，一切都不会开始，一切都不会结束！

第二十九章
伙伴们

正如之前所提到的，在葬礼上，几乎整个小镇的居民都赶来了。哪怕是一些之前相互之间素未谋面的人也都出现了。

除了彼得·德多路士、科文德兄妹、班纳母子、弗林特兄弟（小弗林特很快就找到了一个空位，坐在了茉莉娅的身后）之外，还有比格斯小姐、马里埃校长、霍默搬家公司的霍默先生，另外，扎冯先生坐在了最后一排的右侧，一些渔民坐在了左侧，此外，还有镇上的消防员、查帕女士和面包房的厨师们、学校的老师、政府的工作人员。伦纳德和卡利普索一人推着一把轮椅也来了，一个上面坐着书店管理员那位已经过百岁的老母亲，另一个上面坐着的则是鲍文女士。就连燃烧者俱乐部也派出了玛拉留斯·沃尼克和剪刀兄弟作为代表出席葬礼，最后，则是数

年之前收到一个神秘旅行箱，然后将整件事情写成书本的译者先生，以及摩尔夫妇。

菲尼克斯神父一只手打着石膏主持了整个葬礼仪式，和之前有所不同，这次的仪式甚至都没有尸体要下葬，而且也不像前几次一样去弄了一个空的棺材埋到地下。在仪式结束之后，众人来到了蔚蓝色的海边，相互聊天，并讲述着一个个真实或是不真实的故事。反正在基穆尔科夫，人与人之间几乎都相互认识，也没有什么秘密可言。

睡不醒的弗莱德赶到的时候，葬礼已经结束，于是他只能加入了一群讨论的村民中，听听别人在讲些什么，不过，在等候了一阵子之后，他却发现不是很懂别人在说些什么，于是弗莱德问道："那你们觉得他的那列火车和火车站会如何处理呢？"

人群用有些怪异的眼光看着他，当然，也有可能是村民们对于他那种一贯的睡不醒的神情早已经习以为常。

终于有人开口反问道："弗莱德，你知道今天是来参加谁的葬礼吗？"

他心里嘀咕着说，"当然是布莱克·沃卡诺的！不然还能是谁的？"

还没等他说出口，人群中已经有人替他回答了这个葬礼其实是斯特拉老师的。

弗莱德简直不敢相信自己的耳朵。斯特拉老师真的去世了？这是怎么回事？她多大年纪了？可惜现场的每一个人都无法回答他的这些问题。

"嗨，弗莱德，"这时一直坐在一盘看着落日的伦纳德·米纳索走上前来问道，"你跟我们一起来吗？"

弗莱德点了点头。

在忙碌了整整一天之后，剪刀兄弟早已经筋疲力尽。

"是谁说这是一个非常高尚的工作的？"卷毛无奈地问道。

　　"还不是某一个这辈子都没有劳动过的人说的嘛！"黄毛似乎不敢直接说出那人的名字。

　　说完之后，两人便在史宾西船长之前被困的那座荒岛的沙滩上躺了下来。对于他们来说，这里简直就是一座天堂：没有嘈杂的人群，一望无际的大海，无限美好的夕阳。他们从一个太阳能的冰箱里取出了两罐冰镇茶饮，在商量了一下之后，两人决定待在这里度过一个无忧无虑的假期，他们只带了足够的饮料和一台能够接通零频道的收音机以防万一。

　　另外，布鲁姆夫妇决定负责将那扇被史宾西船长严重损坏了的时光之门带去比利牛斯山脉中的一个虚幻之地小镇。与此同时，在基穆尔科夫，托马索·拉涅利·斯特拉姆比（男孩已经成功说服自己的父母自己其实一直都很好）和彼得·德多路士将会负责解读布莱克留下的笔记以及莫里斯·莫洛留下的壁画中的秘密，在经过了一番研究之后，两人终于成功掌握了时光之门的秘密：利用杰森在幻影迷宫中取得的晶矿，加上风之树的树根——这棵树其实一直存在于阿尔戈山庄的院子里，并在史宾西船长的炮击中被一颗炮弹击中了，然后在加上这些新一代的门的建造者们的想象力，最后就是大家一起祈祷新的时光之门能够顺利工作了。

　　斯特拉老师葬礼的当晚，一群人聚集在了卡利普索新书店的工地上，书店的门口仍然立着那块牌子："来自大海的好书。"

　　"嗨，弗莱德！"

　　"你怎么样了，伙计？"

　　弗莱德和科文德兄妹握了握手，然后赶紧问他们是否真的如传闻一样准备离开这个小镇。

内斯特夫妇立刻转移了话题。

彼得戴着一顶纸帽子，帽子上还画着一圈星星。尽管弗莱德觉得在斯特拉老师葬礼刚结束马上就来庆祝的话不是非常妥当，不过他并没有说什么。

"这是给你们的新钥匙……"彼得·德多路士从口袋里掏出了一把公羊手柄的钥匙，"由莫里斯·莫洛绘画，并由托马索·拉涅利·斯特拉姆比为我们挑选。"

一群人鼓掌表示庆贺。

当钥匙交到了杰森的手上时，男孩问道："你们确定这样能行吗？要知道上次有人打开这扇门的时候可是把大半个小镇给淹掉了！"

"当然确定！"其他人不约而同地回答说。

不过弗莱德似乎仍然有些心存顾虑，他向后退了几步。

杰森·科文德将山羊钥匙插进了门锁，缓缓转动了几圈，然后打开了门。"看上去好像没什么问题……"男孩自言自语说，"我先过去了？"

在男孩消失之后，茱莉娅，瑞克和其他人也紧随其后。

最后只剩下了伦纳德·米纳索和弗莱德，伦纳德问道："怎么样，弗莱德，你到底是来还是不来？"

弗莱德也跟在伦纳德的身后走进了时光之门。

"欢迎！"当所有人来到了另一边之后，布莱克·沃卡诺大声喊道，"我还以为我们永远都没法庆祝这次的成功了！"

"怎么你没有死？"弗莱德在见到他之后有些不敢相信自己的眼睛。

"你看我像是一个死人吗？"布莱克笑着反问道。

"不像……不过，你看上去确实有些奇怪。"

前火车站长伸手在脸上抹了一把，弗莱德这才注意到了和往常不一

样的地方。

"怎么你把胡子给剃了？"

"没错！"布莱克·沃卡诺回答说，"这样你会不会觉得我年轻了二十岁？"

在说笑之间，弗莱德看到了布莱克的身后走来了一位非常美丽的女子，光着双脚，停在了这个奇怪小镇的草地上。这下他终于明白了布莱克的精神焕发不单单是因为剃掉了胡子，更是源于重拾感情而发自内心的快乐。

在众人重新相聚之后，原火车站长解释说在死亡之国阿尔卡迪亚有一个非常神奇的特点，就是所有的伤痛和疾病都能够得到加倍的自愈，所以这里其实非常适合休养，也许在不久之后他们还打算将鲍文女士也接来这里。

"谢谢，谢谢你们所有的人……"布莱克搂着这位漂亮的女子高兴地说道。弗莱德这才得知这个人的名字叫"最后之人"，事实上在孩子们重新打开新的时光之门之前，她确实就是这个地方的最后一位居民。

"你们能来这里真是太好了。"前火车站长说道，"感谢你们每一个人的努力，谢谢托马索画的画，谢谢彼得的发明，谢谢卡利普索的建议，当然，也要感谢我自己对于怎样使用时光之门的一些猜测！"

所有人都举起了手里的瓦罐。

"干杯！"

"阿尔卡迪亚万岁！"

"呜哇！"

在整个庆祝活动结束之后，布莱克躺在了草地上，他的身体确实在康复中，不过已经大不如前了。

"幸好我之前在身上套了防弹衣……"他心有余悸地说道。

毕竟自己无法预见到所有的结果，而这已经是不幸中的万幸了。

通过提出决斗来为他人争取时间。

而且，他也想不到会亲眼目睹自己的女儿死在自己的面前。

"谁知道呢……"他有些忧伤地自言自语道，"也许这次她也能够想办法逃脱。"

第三十章
出发

伦敦，玛拉留斯·沃尼克在自己的住处已经整理好了行李，准备搬家，他坐在办公室里，思考着是否还遗忘了什么东西，以及将哪些东西留在弗洛格诺巷。事实上，他要留下的东西不是很多。

距离他在基穆尔科夫对抗猴子军团的那个晚上已经过去了好几天，燃烧者头目有些意外地发现在自己的书桌上放着一个包裹。他自己看了一下上面的文字，然后微微一笑："难怪为什么救援都没有来！"

在他手上的那个包裹面单上已经涂满了修改的痕迹、印章以及手写的文字，其中有一个特别显眼，就在收件人"幻想之声"的下方，写着：地址错误。

然后紧跟着：退回发件人。

很显然，基穆尔科夫的邮局搞错了包裹：他的那份小说被寄去了虚幻之地，而斯特拉老师的那封申请离职和请求救援的信函却被寄往了现实世界。这也就解释了为什么虚幻之地从头到尾都没有派过援军过来，但是，同样这也说明了自己的那份珍贵的手稿就这样永远地丢失了。

玛拉留斯·沃尼克来到了窗边，看着外面的景色，问自己会不会在离开之后想念这个熟悉的地方。

这事要是发生在几个月前的话，他一定会异常愤怒，然后派出燃烧者俱乐部所有的手下不惜代价地去寻找自己的手稿，不过此一时彼一时，他微微一笑，双手放到了背后，重新看了一眼斯特拉老师的包裹。

"算了……"他对自己说，"其实也没什么大不了的。"

他回到了书桌前，从标着"F"的抽屉里取出一把剪刀*，然后小心翼翼地打开自己亲手包起来的包裹，在揭开了鞋盒的盖子之后取出了斯特拉老师的信函。

燃烧者俱乐部首领的心里闪过一丝愧疚，不过他告诉自己这一定是最后一次这么干了。

"亲爱的虚幻旅行地议会的朋友们……"信件的开头如是写道。

一阵风吹过，将她的羽毛帽子带走了，斯特拉老师惊呼道："啊！"

这时一位老先生立刻走了过去，从地上捡起了帽子然后交还给了女士，同时微微鞠了一躬。

"谢谢您，先生……"

老者非常传统地递上了一张名片，然后站在了老师的面前。

"阿利斯特·索普先生……"斯特拉老师看着名片上的名字念道，

---

* 剪刀在意大利语中为 FORBICE，首字母 F。

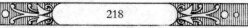

"您真是太绅士了。"

"您也在等渡船吗？"老绅士问道。

斯特拉老师这才仔细端详了一番面前的老者：只见他穿着十分得体且有品位，头发上还打了发蜡，面容看上去并不十分显老，而且十分饱满。"是的。"女士看着大海回答说。岸边的棕榈树在微风的吹拂下沙沙作响。

"您是第一次去巴利阿里群岛吗？"老绅士继续问道。

"确实是第一次，索普先生……我去那里度假，说起来我还有些激动呢！"

"请叫我阿利斯特。"

"如您所愿，阿利斯特先生。"女士微笑着说，毕竟，一个称呼不会改变太多东西，"您也是第一次去那里吗？"

"我吗？不是，我曾经去过那里几次了。"

"真的吗？"斯特拉老师笑着说，"那样的话也许您可以为我当向导呢，您觉得呢？毕竟……我已经有好久都没有出来旅行了……"

"非常荣幸。"索普先生同样微笑着回答说，然后指着一艘正在靠近岸边的轮船问道，"我可以帮您提行李吗？"

"哦，谢谢您，不过我并没有带行李。"斯特拉女士的回答让老绅士有些意外，"一般来说，我比较喜欢轻装出门。"

"真是太令人难以置信了。"老绅士回答说。

"有时候像我这个年纪的女士也是会给人意外的。"

索普先生显然被逗乐了，两人看着渡船冒着烟渐渐靠近，天空中的海鸥叽叽喳喳地叫着。

"我可以问一下您是做什么工作的吗，阿利斯特先生？"在登船的时候，斯特拉女士突然问道。

“我吗？哦……是做建筑的，我是个建筑师！”

“太神奇了！”斯特拉女士惊呼道，“一位建筑师！那可以了解一下是建造什么的吗？”

“房子，我主要造房子。”

斯特拉女士将手伸向索普先生，说道：“那真是太幸会了，阿利斯特先生，您知道吗？我想我们一定会有许多共同话题的……”

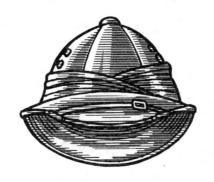

第三十一章

最后的道别

就这样，每个人最终都分道扬镳。

史宾西船长的进攻一共损坏了大约十几幢房屋，其中的三幢受损比较严重，已经无法修复了。不过这三户人家已经和邻居以及政府沟通好，政府将会出面组织重建的工作，争取在当季结束之前先帮助他们有一个安身之所。

当然，为了把事情做好，他们特地研究了一些老的照片，争取能够重新造出连细节都完全一样房子来。

在这段繁忙的日子里，弗林特老大和老二两兄弟似乎找到了自己真正的兴趣所在——搭建脚手架和砌墙，尽管这两种工作已经有着非常悠久的历史，不过至今仍然未被淘汰。而他们的表弟老三则做起了统筹和

管理的工作，并且坚持称呼自己为"经理"。每当他有什么事情难以选择的时候，总会掏出一枚幸运金币，通过扔硬币的方式来决定。后来，他甚至给自己买了一辆敞篷轿车，并且开始到处旅行，最远的时候甚至将车开到了伦敦，不过，从内心而言，他似乎还是比较喜欢基穆尔科夫的那种平静的生活。

至于安妮塔·布鲁姆，在见到了自己的父母之后，她很快便投入了两人的怀抱，同时保证自己再也不擅自溜走了。当然，她自己很清楚要做到这一点其实非常困难。她时不时地会和杰森见上一面，而两人之间发生的故事说都说不完。

彼得·德多路士在修缮了自己的镜屋之后，很快便在小镇的主路边重新开出了自己的钟表店。有一阵子他甚至开始摆弄起了电脑来，不过很快他便放弃了这个想法，因为在这个只有通过零频道收音机和外界联系的小镇上，要将电脑连接上网实在是太麻烦了。

他一直都没有结婚，不过据说每一年，他都会在自己那幢旋转的镜屋里举办盛大的庆祝活动，邀请许多来自远方的客人和少数几个小镇上的朋友。

尤利西斯·摩尔日记的译者陪伴了摩尔夫妇一段时间，一方面为了更细致地了解一些关于他们故事的细节，另一方面也可以帮助夫妇两人整理一下阿尔戈山庄。

他在山庄里工作了几个月之后才离开，在这段时间里，尤利西斯·摩尔对他几乎知无不言，尽管老者的回答有时候会让他摸不着头脑，比如，在整件事情中有些动物的来龙去脉（特别是那些猴子）。在离开山崖顶上的山庄时，译者很高兴地看到笑容重新回到了老园丁的脸上，不过，说实话，有时候，他觉得老者生气的时候更像是自己所了解的那位尤利西斯，比如，当老者见到自己那间被摧毁的阁楼以及了解到

墨提斯号下落不明的时候那样。

"那你们现在打算怎么办？"译者在离开基穆尔科夫之前问道，"在打理好一切之后你们会再次出门旅行吗？"

"那您呢？"尤利西斯·摩尔反问道，"您会继续写作吗？"

在那段时间的某一天，孩子们带上了所有的文件，回到了幻影迷宫的虚拟旅行地管理办公室，填写了所有的表格，将基穆尔科夫正式注册为虚幻旅行地。同时，他们也将主钥匙和尤利西斯·摩尔签名的故事书交给了虚拟旅行地管理委员会，上交主钥匙是为了保障其安全，而上交故事书则是为了证明小镇的真实存在。管理委员会要求孩子们指定一位能够定期来参加会议的代表，在经过了一番商量之后，这个代表的身份毫无悬念地落到了最能干，同时也是最爱这个小镇的瑞克·班纳的身上，尽管红发男孩在返程的一路上都在抱怨这个决定。

在事情过去了八个月之后，薇薇安·沃尼克女士正走在诺丁山的步行道上，突然，她在一家书店的橱窗前停下了脚步。

说实话，女士差点晕过去。

如果这时她知道那个人的电话号码的话，一定会毫不犹豫地拨过去。

占据了橱窗展架大部分空间的那本书名字叫《我心飞翔》，而作者则是玛留斯·沃尼克。

薇薇安气冲冲地走进了书店，意外地发现书架前站满了不同年龄的女性读者，大家似乎都在抢购这本书。在手脚并用着挤开人群之后，她终于拿到了一本，然后站到一边，打开书。

书本的封面内页上并没有关于此书的内容简介，而只是简短地写了一句话：本书内容纯属虚构。

"虚构？"薇薇安·沃尼克惊奇地自问道，"玛留斯会写虚构的小说？"

"确实如此！"在她身边一位已经购买了三本的女士回答说，"这真是一本非常棒的爱情故事！"

"爱情故事？"薇薇安越想越觉得不解，"玛留斯写的？"

在作者简介的一栏中写道，此书的作者现在生活在康沃尔的某地，专心致力于写作和园艺。

一想到自己的弟弟现在也许正在努力学习为牡丹花浇水，薇薇安忍不住笑出声来。

她决定买一本看看。

当然先得让店家打个折扣。

同年的圣诞节，托马索·拉涅利·斯特拉姆比在自己威尼斯的家里收到了一个放大镜，一本厚重的百科全书，一顶探险者的帽子，和一个巨大的行李箱，在箱子里放着一位失踪多年的英国标本制作师的全套工具。由于没有子嗣，所以事实上这些东西都相当于送给这位男孩了。毫无疑问，邮票上的邮戳显示着这些东西全部来自卡利普索的邮局，另外还附上了一张贺卡。

从那个圣诞节起，托马索下定决心要成为一位自然科学家，同时成为一位真正的动物的好朋友。

其他所有人的生活都回到了最初的状态，再也不用担心走在路上回头的时候突然见到一位戴着礼帽和雨伞的男人。

第三十二章
新家

杰森蹲在客厅的角落里一动不动，这里有一股奇怪的气流，似乎带来了远方的声音。家具的吱呀声，风的呼啸声，动物的脚步声。这已经是这个星期的第三次了，杰森一度怀疑摩尔家的家具在家中无人的时候活了过来，并偷偷移动了一毫米。一毫米，不会更多了，这样才比较不会引人注意。

但是这次的情况不一样，这次不是家具移动了，也不是哪一只乌鸦停在了屋顶上，或者是草丛里的青蛙在藤蔓间跳动，一定不是。

这一次他听见了某一个不同的声音：楼上传来的脚步声。杰森稳定住自己呼吸的节奏，仔细倾听，脚步声不断从楼上传来。

杰森有些担心地咬紧嘴唇。

"看来你在楼上……"他自言自语说道，仿佛正在和某一个敌人进行着一场挑战一样。

难道家里就没有别人意识到这个"敌人"的存在吗？难道他的爸爸，妈妈，还有妹妹都不知道这个家里还有其他人吗？

杰森在刚到这里把行李卸在院子里的时候就发现了异常，这幢伦敦的古宅很大，有许多个房间和各种神秘的物品，也许还隐藏着很大的秘密。

当他们第一次来到这里的时候，杰森仿佛听到了这幢摩尔旧宅在对他说话：不是所有事情都像看上去的那样，来发掘这里的秘密吧，杰森！

随即男孩很欣然地接受了这里。

房间的窗户打开着，杰森来到二楼的客厅，看着墙上挂着的肖像画。他的爸爸曾经建议把墙上的这些画换成一些风格更明快的风景照，不过杰森和妹妹两人都竭力反对。墙上的这些画已经经历了虚幻旅行者俱乐部时期和后来的燃烧者俱乐部时期，所以最好还是让它们留在原来的位置。

男孩在空荡荡的房间里绕着桌子和椅子走了几圈，思绪不断。也许他应该打电话让安妮塔先过来，不然的话女孩就该扔下他去找别的男朋友了，要知道托马索可是一直都没有放弃希望。另外，他得为大学入学考试开始做准备了。不过，这两件事情他都不想做。

特别是今天。

"杰森！"他的妹妹喊道，"要迟到啦！"

自从回到伦敦以来，她每天都会穿上不同的衣服，杰森对着妹妹笑了笑，同时停止了胡思乱想。看上去一切正常，桌子上的饮料已经备好，

那些纸张、地图、书架上的书本，还有……

"录像机准备好了吗？"茱莉娅问道。

"是的，我想是的。"男孩回答说。

两人在客厅的门口停下了脚步，回头看了一眼虚幻旅行者俱乐部的本部，现在，他们已经搬来了这里的二楼居住。

"我们走吧。"杰森说道。

正当男孩伸手去开门的时候，门却自己打开了。

"茱莉娅小姐……杰森先生……"皮雷斯微微一个鞠躬说，"你们的客人已经开始陆陆续续到达了。"

"很好。"茱莉娅高兴地说。

科文德兄妹顺着楼梯下到一楼，然后打开了房屋的大门。

其他人已经在外面等候着了。

杰森感到无比激动，这里的很多人他都认识，不过也有几张陌生的面孔。

"欢迎你们！"他张开双臂对着众人说道，"欢迎大家来到重新开张的虚幻旅行者俱乐部！"

天空中飘着几朵白云，阳光洒在了院子里，远处可以听见有轨电车叮叮当当的铃声。

科文德兄妹两人拉住到来的客人，将他们带到二楼入座。

当轮到瑞克的时候，茱莉娅直接在男孩的脸上亲了一口，令红发男孩从头红到脚。

"这样才对嘛……"安妮塔嗫着嘴说道，似乎在责怪着杰森什么。于是小科文德也毫不客气地上前给了她一个热情的吻。

客人们陆陆续续地到来了，在将众人都带入屋子里之后，杰森站在门口问妹妹说："你有没有考虑过为什么天空在接近大海的地方会变成

白色？"

"你知道吗？"茉莉娅反问道。

"不知道。"杰森回答说，"不过我想念那片天空了。"

"也许这样一来……我们就有了足够的空间去想象大海另一边的天空会是怎样的了。"茉莉娅说着，关上了大门。

亲爱的读者们：

故事到这里就告一段落了，杰森、茉莉娅、瑞克和其他的伙伴们重新启动了虚幻旅行者俱乐部。

据我所知，这家俱乐部至今仍在营业，并且已经安排了为数众多的虚幻旅行地之旅。科文德兄妹和伙伴们一直都在打理着这里的事务，而俱乐部的注册人数也在不断增加。

这里所有的股东都会定期收到一份报纸，上面会列出推荐的游览地，值得探索的秘密和值得拜访的虚幻地人物。报纸会使用最传统的方式邮寄，上面的邮戳当然就是基穆尔科夫的。正如斯特拉老师一直强调的那样，只有传统的邮寄，才是最安全可靠的方式。

在整个冒险故事的最后，我想说如果你们喜欢探索，喜欢解谜同时富有勇气的话，我向你们强烈推荐这个俱乐部。剪刀兄弟在度过了一个漫长的假期回来之后，第一时间便去了俱乐部注册，在这里我要把他们的话送给你们："如果你们想要读到别人读不到的书本，如果你们擅长写作或是绘画，如果你们能够观察到别人注意不到的事物，如果你们有无法解答的谜题，那么虚幻旅行者俱乐部将是你们最好的归宿。"

不要犹豫了，在这里你可以和别人交流各种关于虚幻地的信息，奇怪的人物和不可思议的事件。

也许这就是尤利西斯·摩尔的魔法也说不定呢？

你们最好的朋友

皮埃多梅尼克

另外，这里我顺便附上了俱乐部的地址。

未完待续

KILMORE COVE LIGHTHOUSE

CLARK BEAMISH STATION

ST JACOBS CHURCH

KING WILLIAM V

WINDY INN

TURTLE P

KILMORE COVE